BIBLIOTHÈQUE NATIONALE

MOLIÈRE

PSYCHÉ

L'IMPROMPTU DE VERSAILLES

LE MÉDECIN VOLANT

LA JALOUSIE DU BARBOUILLÉ

PARIS
Librairie de la BIBLIOTHÈQUE NATIONALE
L. PFLUGER, Éditeur
Passage Montesquieu, 5, rue Montesquieu
PRÈS LE PALAIS-ROYAL

Bibliothèque Nationale. — Volumes à 25 c.

CATALOGUE AU 1er OCTOBRE 1900

Alfieri. De la Tyrannie.... 1
Arioste. Roland furieux., 6
Beaumarchais. Mémoires. 5
— Barbier de Séville.... 1
— Mariage de Figaro.... 1
Beccaria. Delits et Peines. 1
Bernardin de St-Pierre. Paul et Virginie........ 1
Boileau Satires. Lutrin., 1
— Art poétique. Epitres., 1
Bossuet. Orais. funèbres.. 2
— Disc. sur l'Hist. univ. 3
Boufflers. Œuv. choisies. 1
Brillat-Savarin. Physiologie du Goût 2
Buffon. Discours sur le Style. Etude sur l'Histoire naturelle. Les Epoques de la Nature. Sur la Conservation des Forêts 2
Byron. Corsaire. Lara.... 1
Catulle, Poésies. — *Perse*, Satires................ 1
Cazotte. Diable amoureux. 1
Cervantes. Don Quichotte. 4
César. Guerre des Gaules. 1
Chamfort Œuv. choisies.. 3
Chapelle et Bachaumont. Voyages amusants...... 1
Chateaubriand. Atala. René.................... 1
— Le Dernier Abencerage. Les Martyrs........... 1
Cicéron. De la République. 1
— Catilinaires. Discours. 1
— Discours contre Verrès. 3
— Harangues au Peuple et au Sénat... 1
Collin d'Harleville. Vieux Célibataire. M. de Crac. 1
Condorcet Vie de Voltaire 1
— De l'Esprit humain.... 2
Corneille. Le Cid Horace. 1
— Cinna. Polyeucte...... 1
— Rodogune. Le Menteur. 1
— Nicomède. Pompée.... 1
Cornélius Népos. Vies des grands Capitaines...... 2
Courier (P.-L.). Chefs-d'œuv 2
— Lettres d'Italie... 1
Cyrano de Bergerac., Œuv. 2
D'Alembert. Encyclopédie 1
— Destruct. des Jésuites. 1
Dante. L'Enfer... 2
Démosthène. Philippiques et Olynthiennes......... 1
Descartes. La Méthode.. 1
Desmoulins (C.) Œuvres. 3
Destouches. Philosophe marié. Fausse Agnès... 1
Diderot. Neveu de Rameau 1
— La Religieuse......... 1
— Romans et Contes..... 2
— Paradoxe du Comédien. 1
— Mélanges philosophiq. 1
— Jacques le Fataliste... 2
Duclos. Sur les Mœurs... 1
Dumarsais. Essai sur les Préjugés................ 2
Dupuis. Origine des Cultes. 3
Epictète. Maximes 1
Erasme. Eloge de la Folie. 1
Euripide. Iphigénie à Aulis Hippolyte........... 1
Fénelon. Télémaque..... 3
— Education des Filles.. 1
— Disc. à l'Académie. Dialogues sur l'Eloquence. 1
Florian. Fables.......... 1
— Galatée. Estelle....... 1
— Gonzalve de Cordoue., 2
Foë. Robinson Crusoé ... 4
Fontenelle. Dialogues des Morts. Jugement de Pluton 1
— Pluralité des Mondes. 1
— Histoire des Oracles.. 1
Gilbert. Poésies........... 1
Gœthe. Werther 1
— Hermann et Dorothée. 1
— Faust 1
Goldsmith. Le Ministre de Wakefield............. 2
Gresset. Ver-Vert. Carême impromptu. Méchant.... 1

Hamilton. Mémoires du Chevalier de Grammont. 2

Helvétius. De l'Esprit.... 4

Hérodote. Histoire....... 5

Homère. L'Iliade........ 3

— L'Odyssée.......... 3

Horace. Poésies......... 2

Jeudy-Dugour. Cromwell. 1

Juvénal. Satires........ 1

La Boétie. Discours sur la Servitude volontaire. 1

La Bruyère. Caractères.. 2

La Fayette (Mme de). La Princesse de Clèves.... 1

La Fontaine. Fables...... 2

— Contes et Nouvelles... 2

Lamennais. Paroles d'un Croyant............. 1

— Le Livre du Peuple ... 1

— Passé et Av. du Peuple 1

— Le Purgatoire 1

— Le Paradis.. 1

La Rochefoucauld. Maximes et Réflexions..... 1

Le Sage. Gil Blas....... 5

— Le Diable boiteux..... 2

— Bach. de Salamanque. 2

— Turcaret, Crispin rival. 1

Lespinasse (Mlle de). Lettres choisies.......... 1

Linguet. Mémoires sur la Bastille.......... 1

Longus. Daphnis et Chloé. 1

Lucien. Dialogues des Dieux et des Morts..... 1

Lucrèce. De la Nature des Choses........... 2

Mably. Droits et Devoirs. 1

— Entretiens de Phocion. 1

Machiavel. Le Prince.... 1

Maistre (X. de). Voyage autour de ma Chambre. 1

— Prisonn. du Caucase.. 1

Maistre (J. de). Soirées de Saint-Pétersbourg.. 1

Malherbe. Poésies 1

Marivaux. Théâtre....... 2

Marmontel. Les Incas.... 2

— Bélisaire........ 1

Massillon. Petit Carême. 1

Mercier. Tableau de Paris. 8

— L'An 2440......... 3

Milton. Paradis perdu.... 2

Mirabeau. Sa Vie, ses Opinions, ses Discours 5

Molière. Tartufe, Dépit, 1 v.; Don Juan. Précieuses, 1 v.; Bourgeois Gentilhomme. Comtesse d'Escarbagnas, 1 v.; Misanthrope. Femmes savantes, 1 v.; L'Avare. George Dandin, 1 v.; Malade imaginaire. Fourberies de Scapin, 1 v.; L'Etourdi. Sganarelle, 1 v.; L'Ecole des Femmes. Critique de l'Ecole des Femmes, 1 v.; Médecin malgré lui. Mariage forcé. Sicilien, 1 v.; Amphitryon. Ecole des Maris, 1 v.; Pourceaugnac. Les Fâcheux. L'Amour médecin...... 1

Montaigne. Essais (1er liv.) 1

Montesquieu. Lettres persanes.......... 2

— Grandeur et Décadence des Romains......... 1

— Le Temple de Gnide.. 1

Ovide. Métamorphoses... 3

Parny. Guerre des Dieux. Le Paradis perdu..... 1

Pascal. Pensées 1

— Lettres provinciales .. 2

Perrault. Contes 1

Pétrarque. Mon Secret... 1

Pierre Leroux. Malthus et les Economistes....... 2

Pigault-Lebrun. Citateur. 1

— Mon Oncle Thomas... 2

— L'Enfant du Carnaval. 2

Piron. La Métromanie ... 1

Platon. Apologie de Socrate. Criton. Phédon.. 1

Plutarque. Vies de César, Tibérius et Caïus Gracchus......... 1

— Vies de Pompée. Sertorius........ 1

— Vies de Démosthène, Cicéron, Caton le Censeur. 1

— Vies de Marcellus, Marius, Sylla......... 1

Plutarque. Vies de Periclès, Fabius Maximus, Coriolan............ 1
Prévost. Manon Lescaut. 1
Quinte-Curce. Histoire d'Alexandre le Grand... 3
Rabelais. Œuvres......... 5
Racine. Esther, Athalie.. 1
— Phèdre. Britannicus... 1
— Andromaque. Plaideurs 1
— Iphigénie. Mithridate.. 1
— Bérénice. Bajazet..... 1
Regnard. Voyages........ 1
— Le Joueur. Les Folies. 1
— Le Légataire universel. 1
Roland (Mme). Mémoires.. 4
Rousseau (J.-J.). Emile, 4 v.; Contrat social, 1 v.; De l'Inégalité, 1 v.; La Nouvelle Héloïse, 5 v.; Confessions............ 5
Saint-Réal. Don Carlos. Conjuration cont. Venise. 1
Salluste. Catilina. Jugurtha 1
Scarron. Roman comique. 3
— Virgile travesti........ 3
Schiller. Les Brigands... 1
— Guillaume Tell......... 1
Sedaine. Philosophe sans le savoir. La Gageure. 1
Sévigné (Mme de). Lettres choisies........... 2
Shakespeare. Hamlet, 1 v.; Roméo et Juliette, 1 v.; Othello, 1 v.; Macbeth, 1 v.; Le Roi Lear, 1 v.; Le Marchand de Venise, 1 v.; Joyeuses Commères, 1 v.; Le Songe d'une Nuit d'été, 1 v; La Tempête, 1 v.; Vie et Mort de Richard III, 1 v.; Henry VIII, 1 v.; Beaucoup de bruit pour rien 1 v.; Jules César........ 1
Sheridan. L'École de la Médisance............
Sophocle. Œdipe-Roi. Antigone... ....
Sterne. Voyage sentimental
— Tristram Shandy.......
Suétone. Douze Césars...
Swift Voyages de Gulliver.
Tacite. Mœurs des Germains. Vie d'Agricola...
— Annales de Tibère....
Tasse. Jérusalem délivr.
Tassoni. Seau enlevé...
Théroulde. La Chanson de Roland..............
Tite-Live. Hist. de Rome.
Vauban. La Dîme royale.
Vauvenargues. Choix ...
Virgile. L'Enéide.........
— Bucoliques et Géorgiq.
Volney. Les Ruines. La Loi naturelle ....
Voltaire Charles XII, 1 v.; Siècle de Louis XIV, 4 v.; Histoire de Russie, 2 v.; Romans, 5 v.; Zaïre, Mérope, 1 v.; Mahomet, Mort de César, 1 v; La Henriade, 1 v.; Contes en vers et Satires, 1 v.; Traité sur la Tolérance, 2 vol.; Correspondance avec le roi de Prusse..
Xénophon. Retraite des Dix Mille (Anabase)....
— La Cyropédie.........

Le vol. broché, 25 c.; relié, 45 c.; F°, 10 c. en sus par volume.

Nota. — Le colis postal diminue beaucoup les frais de port; celui de 3 kil. contient jusqu'à 40 vol. brochés ou 34 reliés : 60 c. en gare; celui de 5 kil., 65 brochés ou 55 reliés : 80 c. en gare; celui de 10 kil., 130 brochés ou 110 reliés : 1 fr. 25 en gare.

Adresser les demandes affranchies à M. L. BERGER, éditeur, passage Montesquieu, r. Montesquieu, près le Palais-Royal, Paris.

Dictionnaire de la Langue française usuelle, de 416 pages.
Prix, cartonné, 1 fr.; franco, 1 fr. 20.

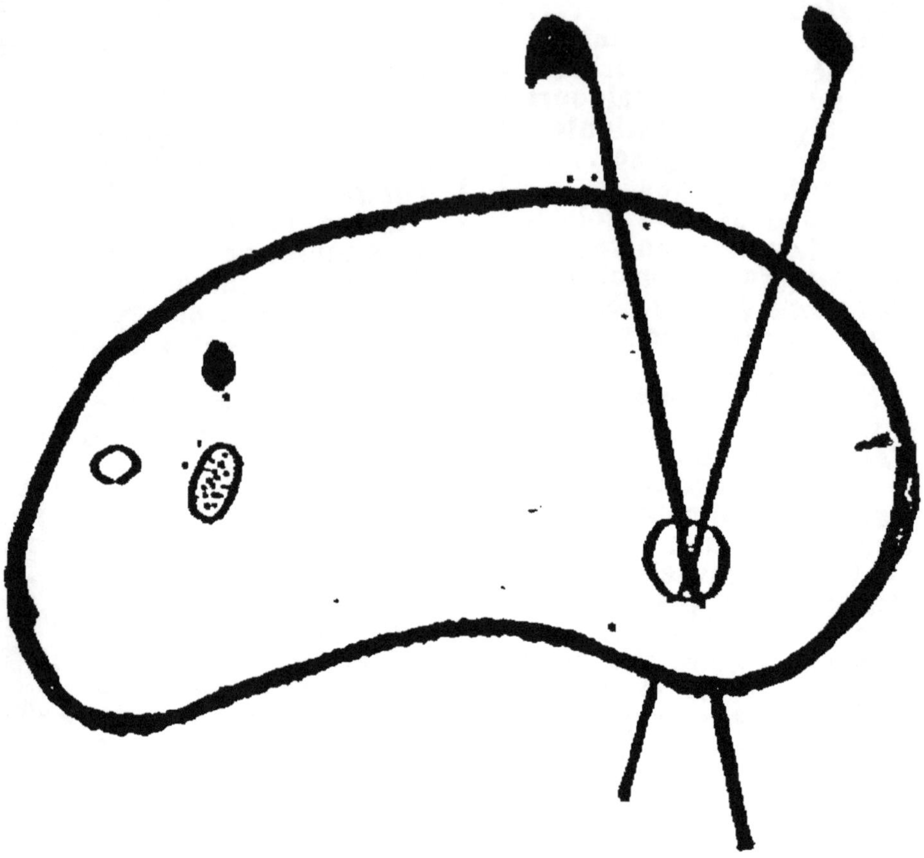

FIN D'UNE SERIE DE DOCUMENTS
EN COULEUR

BIBLIOTHÈQUE NATIONALE

COLLECTION DES MEILLEURS AUTEURS ANCIENS ET MODERNES

Fondée en 1863

THÉATRE DE MOLIÈRE

PSYCHÉ

L'IMPROMPTU DE VERSAILLES

LE MÉDECIN VOLANT

LA JALOUSIE DU BARBOUILLÉ

LA GLOIRE DU DOME DU VAL-DE-GRACE *(Poésie)*

PARIS

LIBRAIRIE DE LA BIBLIOTHÈQUE NATIONALE

PASSAGE MONTESQUIEU, 5, RUE MONTESQUIEU

Près le Palais-Royal

1907

PSYCHÉ

TRAGÉDIE-BALLET EN CINQ ACTES

1671

PERSONNAGES

JUPITER.
VÉNUS.
L'AMOUR.
ZÉPHYRE.
ÆGIALE, } Grâces.
PHAÈNE, }
LE ROI, père de Psyché.
PSYCHÉ.
AGLAURE, } sœurs de Psyché.
CIDIPPE, }
CLÉOMÈNE, } princes, amants de Psyché.
AGÉNOR, }
LYCAS, capitaine des gardes.
LE DIEU D'UN FLEUVE.
DEUX PETITS AMOURS.

PROLOGUE

La scène représente, sur le devant, un lieu champêtre, et, dans l'enfoncement, un rocher percé à jour, au travers duquel on voit la mer en éloignement.

(Flore paraît au milieu du théâtre, accompagnée de Vertumne, dieu des arbres et des fruits, et

de Palémon, dieu des eaux. Chacun de ces dieux conduit une troupe de Divinités : l'un mène à sa suite des Dryades et des Sylvains, et l'autre des Dieux, des Fleuves et des Naïades. Flore chante ce récit pour inviter Vénus à descendre en terre :)

Ce n'est plus le temps de la guerre :
Le plus puissant des rois
Interrompt ses exploits,
Pour donner la paix à la terre.
Descendez, mère des Amours,
Venez nous donner de beaux jours.

(Vertumne et Palémon, avec les Divinités qui les accompagnent, joignent leurs voix à celle de Flore, et chantent ces paroles :)

CHŒUR DES DIVINITÉS *de la terre et des eaux, composé de Flore, Nymphes, Palémon, Vertumne, Sylvains, Faunes, Dryades et Naïades.*

Nous goûtons une paix profonde,
Les plus doux jeux sont ici-bas.
On doit ce repos plein d'appas
Au plus grand roi du monde.
Descendez, mère des Amours,
Venez nous donner de beaux jours.

(Il se fait ensuite une entrée de ballet, composée de deux Dryades, quatre Sylvains, deux Fleuves et deux Naïades; après laquelle Vertumne et Palémon chantent ce dialogue :)

VERTUMNE

Rendez-vous, beautés cruelles,
Soupirez à votre tour.

PALÉMON

Voici la reine des belles,
Qui vient inspirer l'amour.

VERTUMNE

Un bel objet, toujours sévère,
Ne se fait jamais bien aimer.

PALÉMON

C'est la beauté qui commence de plaire;
Mais la douceur achève de charmer.

TOUS DEUX, *ensemble.*

C'est la beauté qui commence de plaire;
Mais la douceur achève de charmer.

VERTUMNE

Souffrons tous qu'Amour nous blesse;
Languissons, puisqu'il le faut.

PALÉMON

Que sert un cœur sans tendresse?
Est-il un plus grand défaut?

VERTUMNE

Un bel objet, toujours sévère,
Ne se fait jamais bien aimer.

PALÉMON

C'est la beauté qui commence de plaire;
Mais la douceur achève de charmer.

TOUS DEUX, *ensemble.*

C'est la beauté qui commence de plaire;
Mais la douceur achève de charmer.

FLORE *répond au dialogue de Vertumne et de Palémon par ce menuet, et les autres Divinités y mêlent leurs danses.*

Est-on sage,
Dans le bel âge,
Est-on sage
De n'aimer pas?
Que sans cesse
L'on se presse
De goûter les plaisirs ici-bas.
La sagesse
De la jeunesse,
C'est de savoir jouir de ses appas.
L'Amour charme
Ceux qu'il désarme;
L'Amour charme,
Cédons-lui tous.
Notre peine
Serait vaine
De vouloir résister à ses coups;
Quelque chaîne
Qu'un amant prenne,
La liberté n'a rien qui soit si doux.

(Vénus descend du ciel dans une grande machine, avec l'Amour son fils, et deux petites Grâces nommées Ægiale et Phaène; et les Divinités de la terre et des eaux recommencent de joindre toutes leurs voix, et continuent par leurs danses de lui témoigner la joie qu'elles ressentent à son abord.)

CHŒUR *de toutes les Divinités de la terre et des eaux.*

Nous goûtons une paix profonde,
Les plus doux jeux sont ici-bas;

On doit ce repos plein d'appas
Au plus grand roi du monde.
Descendez, mère des Amours,
Venez nous donner de beaux jours.

VÉNUS, *dans sa machine.*

Cessez, cessez pour moi tous vos chants d'allégresse;
De si rares honneurs ne m'appartiennent pas;
Et l'hommage qu'ici votre bonté m'adresse
Doit être réservé pour de plus doux appas.
C'est une trop vieille méthode
De me venir faire sa cour;
Toutes les choses ont leur tour,
Et Vénus n'est plus à la mode.
Il est d'autres attraits naissants
Où l'on va porter ses encens.
Psyché, Psyché la belle, aujourd'hui tient ma place;
Déjà tout l'univers s'empresse à l'adorer;
Et c'est trop que, dans ma disgrâce,
Je trouve encor quelqu'un qui me daigne honorer.
On ne balance point entre nos deux mérites;
A quitter mon parti tout s'est licencié;
Et, du nombreux amas de Grâces favorites
Dont je traînais partout les soins et l'amitié,
Il ne m'en est resté que deux des plus petites,
Qui m'accompagnent par pitié.
Souffrez que ces demeures sombres
Prêtent leur solitude aux troubles de mon cœur,
Et me laissez parmi leurs ombres
Cacher ma honte et ma douleur.

(Flore et les autres déités se retirent, et Vénus, avec sa suite, sort de sa machine.)

ÆGIALE

Nous ne savons, déesse, comment faire,
Dans ce chagrin qu'on voit vous accabler.
Notre respect veut se taire,
Notre zèle veut parler.

VÉNUS

Parlez; mais, si vos soins aspirent à me plaire,
Laissez tous vos conseils pour une autre saison,
Et ne parlez de ma colère
Que pour dire que j'ai raison.
C'était là, c'était là la plus sensible offense
Que ma divinité pût jamais recevoir :
Mais j'en aurai la vengeance,
Si les dieux ont du pouvoir.

PHAÈNE

Vous avez plus que nous de clarté, de sagesse,
Pour juger ce qui peut être digne de vous;
Mais, pour moi, j'aurais cru qu'une grande déesse
Devrait moins se mettre en courroux.

VÉNUS

Et c'est là la raison de ce courroux extrême.
Plus mon rang a d'éclat, plus l'affront est sanglant;
Et, si je n'étais pas dans ce degré suprême,
Le dépit de mon cœur serait moins violent.
Moi, la fille du dieu qui lance le tonnerre,
Mère du dieu qui fait aimer;
Moi, les plus doux souhaits du ciel et de la terre,
Et qui ne suis venue au jour que pour charmer;
Moi qui, par tout ce qui respire,
Ai vu de tant de vœux encenser mes autels,
Et qui de la beauté, par des droits immortels,
Ai tenu de tout temps le souverain empire;

Moi, dont les yeux ont mis deux grandes déités
Au point de me céder le prix de la plus belle,
Je me vois ma victoire et mes droits disputés
Par une chétive mortelle!
Le ridicule excès d'un fol entêtement
Va jusqu'à m'opposer une petite fille!
Sur ses traits et les miens j'essuirai constamment
Un téméraire jugement,
Et du haut des cieux, où je brille,
J'entendrai prononcer aux mortels prévenus :
« Elle est plus belle que Vénus! »

ÆGIALE

Voilà comme l'on fait; c'est le style des hommes;
Ils sont impertinents dans leurs comparaisons.

PHAÈNE

Ils ne sauraient louer, dans le siècle où nous sommes,
Qu'ils n'outragent les plus grands noms.

VÉNUS

Ah! que de ces trois mots la rigueur insolente
Venge bien Junon et Pallas,
Et console leurs cœurs de la gloire éclatante
Que la fameuse pomme acquit à mes appas!
Je les vois s'applaudir de mon inquiétude,
Affecter à toute heure un ris malicieux,
Et, d'un fixe regard, chercher avec étude
Ma confusion dans mes yeux.
Leur triomphante joie, au fort d'un tel outrage,
Semble me venir dire, insultant mon courroux :
« Vante, vante, Vénus, les traits de ton visage!
Au jugement d'un seul tu l'emportas sur nous;
Mais, par le jugement de tous,

Une simple mortelle a sur toi l'avantage. »
Ah! ce coup-là m'achève, il me perce le cœur;
Je n'en puis plus souffrir les rigueurs sans égales;
Et c'est trop de surcroît à ma vive douleur
Que le plaisir de mes rivales.
Mon fils, si j'eus jamais sur toi quelque crédit,
Et si jamais je te fus chère,
Si tu portes un cœur à sentir le dépit
Qui trouble le cœur d'une mère
Qui si tendrement te chérit,
Emploie, emploie ici l'effort de ta puissance
A soutenir mes intérêts :
Et fais à Psyché, par tes traits,
Sentir les traits de ma vengeance.
Pour rendre son cœur malheureux,
Prends celui de tes traits le plus propre à me plaire,
Le plus empoisonné de ceux
Que tu lances dans ta colère.
Du plus bas, du plus vil, du plus affreux mortel,
Fais que, jusqu'à la rage, elle soit enflammée,
Et qu'elle ait à souffrir le supplice cruel
D'aimer et n'être point aimée.

L'AMOUR

Dans le monde on n'entend que plaintes de l'Amour;
On m'impute partout mille fautes commises,
Et vous ne croiriez point le mal et les sottises
Que l'on dit de moi chaque jour.
Si pour servir votre colère...

VÉNUS

Va, ne résiste point aux souhaits de ta mère;
N'applique tes raisonnements
Qu'à chercher les plus prompts moments

De faire un sacrifice à ma gloire outragée.
Pars, pour toute réponse à mes empressements,
Et ne me revois point que je ne sois vengée.

(*L'Amour s'envole, et Vénus se retire avec les Grâces. La scène est changée en une grande ville, où l'on découvre, des deux côtés, des palais et des maisons de différents ordres d'architecture.*)

ACTE PREMIER

SCÈNE PREMIÈRE

AGLAURE, CIDIPPE

AGLAURE

Il est des maux, ma sœur, que le silence aigrit :
Laissons, laissons parler mon chagrin et le vôtre,
Et de nos cœurs l'un à l'autre
Exhalons le cuisant dépit.
Nous nous voyons sœurs d'infortune,
Et la vôtre et la mienne ont un si grand rapport,
Que nous pouvons mêler toutes les deux en une,
Et, dans notre juste transport,
Murmurer, à plainte commune,
Des cruautés de notre sort.
Quelle fatalité secrète,
Ma sœur, soumet tout l'univers
Aux attraits de notre cadette,

Et, de tant de princes divers
Qu'en ces lieux la fortune jette,
N'en présente aucun à nos fers?
Quoi ! voir de toutes parts, pour lui rendre les armes,
Les cœurs se précipiter,
Et passer devant nos charmes
Sans vouloir s'y arrêter!
Quel sort ont nos yeux en partage,
Et qu'est-ce qu'ils ont fait aux dieux,
De ne jouir d'aucun hommage
Parmi tous ces tributs de soupirs glorieux,
Dont le superbe avantage
Fait triompher d'autres yeux?
Est-il pour nous, ma sœur, de plus rude disgrâce
Que de voir tous les cœurs mépriser nos appas,
Et l'heureuse Psyché jouir avec audace
D'une foule d'amants attachés à ses pas?

CIDIPPE

Ah! ma sœur, c'est une aventure
A faire perdre la raison ;
Et tous les maux de la nature
Ne sont rien en comparaison.

AGLAURE

Pour moi, j'en suis souvent jusqu'à verser des larmes.
Tout plaisir, tout repos, par là m'est arraché;
Contre un pareil malheur ma constance est sans armes.
Toujours à ce chagrin mon esprit attaché
Me tient devant les yeux la honte de nos charmes,
Et le triomphe de Psyché.

La nuit, il m'en repasse une idée éternelle,
Qui sur toute chose prévaut.
Rien ne me peut chasser cette image cruelle;
Et, dès qu'un doux sommeil me vient délivrer d'elle,
Dans mon esprit aussitôt
Quelque songe le rappelle,
Qui me réveille en sursaut.

CIDIPPE

Ma sœur, voilà mon martyre :
Dans vos discours je me voi;
Et vous venez là de dire
Tout ce qui se passe en moi.

AGLAURE

Mais encor, raisonnons un peu sur cette affaire,
Quels charmes si puissants en elle sont épars?
Et par où, dites-moi, du grand secret de plaire
L'honneur est-il acquis à ses moindres regards?
Que voit-on dans sa personne,
Pour inspirer tant d'ardeur?
Quel droit de beauté lui donne
L'empire de tous les cœurs?
Elle a quelques attraits, quelque éclat de jeunesse :
On en tombe d'accord; je n'en disconviens pas;
Mais lui cède-t-on fort pour quelque peu d'aînesse,
Et se voit-on sans appas?
Est-on d'une figure à faire qu'on se raille?
N'a-t-on point quelques traits et quelques agréments,
Quelque teint, quelques yeux, quelque air et quelque taille,
A pouvoir dans nos fers jeter quelques amants?
Ma sœur, faites-moi la grâce
De me parler franchement :

Suis-je faite d'un air, à votre jugement,
Que mon mérite au sien doive céder la place?
Et, dans quelque ajustement,
Trouvez-vous qu'elle m'efface?

CIDIPPE

Qui? vous, ma sœur? nullement.
Hier, à la chasse, près d'elle,
Je vous regardai longtemps;
Et, sans vous donner d'encens,
Vous me parûtes plus belle.
Mais moi, dites, ma sœur, sans me vouloir flatter,
Sont-ce des visions que je me mets en tête,
Quand je me crois taillée à pouvoir mériter
La gloire de quelque conquête?

AGLAURE

Vous, ma sœur? vous avez, sans nul déguisement,
Tout ce qui peut causer une amoureuse flamme.
Vos moindres actions brillent d'un agrément
Dont je me sens toucher l'âme;
Et je serais votre amant
Si j'étais autre que femme.

CIDIPPE

D'où vient donc qu'on la voit l'emporter sur nous deux,
Qu'à ses premiers regards les cœurs rendent les armes,
Et que d'aucun tribut de soupirs et de vœux
On ne fait honneur à nos charmes?

AGLAURE

Toutes les dames, d'une voix,
Trouvent ses attraits peu de chose;

Et du nombre d'amants qu'elle tient sous ses lois,
Ma sœur, j'ai découvert la cause.

CIDIPPE

Pour moi, je la devine; et l'on doit présumer
Qu'il faut que là-dessous soit caché du mystère.
Ce secret de tout enflammer
N'est point de la nature un effet ordinaire;
L'art de la Thessalie entre dans cette affaire;
Et quelque main a su, sans doute, lui former
Un charme pour se faire aimer.

AGLAURE

Sur un plus fort appui ma croyance se fonde;
Et le charme qu'elle a pour attirer les cœurs,
C'est un air en tout temps désarmé de rigueurs,
Des regards caressants que la bouche seconde;
Un souris chargé de douceurs,
Qui tend les bras à tout le monde,
Et ne vous promet que faveurs.
Notre gloire n'est plus aujourd'hui conservée;
Et l'on n'est plus au temps de ces nobles fiertés
Qui, par un digne essai d'illustres cruautés,
Voulaient voir d'un amant la constance éprouvée.
De tout ce noble orgueil, qui nous seyait si bien,
On est bien descendu, dans le siècle où nous sommes,
Et l'on en est réduite à n'espérer plus rien,
A moins que l'on se jette à la tête des hommes.

CIDIPPE

Oui, voilà le secret de l'affaire, et je voi
Que vous le prenez mieux que moi.
C'est pour nous attacher à trop de bienséance,

Qu'aucun amant, ma sœur, à nous ne veut venir;
Et nous voulons trop soutenir
L'honneur de notre sexe et de notre naissance.
Les hommes maintenant aiment ce qui leur rit;
L'espoir, plus que l'amour, est ce qui les attire;
Et c'est par là que Psyché nous ravit
Tous les amants qu'on voit sous son empire.
Suivons, suivons l'exemple, ajustons-nous au temps,
Abaissons-nous, ma sœur, à faire des avances,
Et ne ménageons plus de tristes bienséances,
Qui nous ôtent les fruits du plus beau de nos ans.

AGLAURE

J'approuve la pensée, et nous avons matière
D'en faire l'épreuve première
Aux deux princes qui sont les derniers arrivés.
Ils sont charmants, ma sœur; et leur personne entière
Me... Les avez-vous observés?

CIDIPPE

Ah! ma sœur, ils sont faits tous deux d'une manière,
Que mon âme... Ce sont deux princes achevés.

AGLAURE

Je trouve qu'on pourrait rechercher leur tendresse
Sans se faire déshonneur.

CIDIPPE

Je trouve que, sans honte, une belle princesse
Leur pourrait donner son cœur.

AGLAURE

Les voici tous deux, et j'admire
Leur air et leur ajustement.

CIDIPPE

Ils ne démentent nullement
Tout ce que nous venons de dire.

SCÈNE II

CLÉOMÈNE, AGÉNOR, AGLAURE, CIDIPPE

AGLAURE

D'où vient, princes, d'où vient que vous fuyez ainsi?
Prenez-vous l'épouvante en nous voyant paraître?

CLÉOMÈNE

On nous faisait croire qu'ici
La princesse Psyché, madame, pourrait être.

AGLAURE

Tous ces lieux n'ont-ils rien d'agréable pour vous,
Si vous ne les voyez ornés de sa présence?

AGÉNOR

Ces lieux peuvent avoir des charmes assez doux;
Mais nous cherchons Psyché dans notre impatience.

CIDIPPE

Quelque chose de bien pressant
Vous doit, à la chercher, pousser tous deux, sans doute?

CLÉOMÈNE

Le motif est assez puissant,
Puisque notre fortune enfin en dépend toute.

AGLAURE

Ce serait trop à nous que de nous informer
Du secret que ces mots nous peuvent enfermer?

CLÉOMÈNE

Nous ne prétendons point en faire de mystère :
Aussi bien, malgré nous, paraîtrait-il au jour;
Et le secret ne dure guère,
Madame, quand c'est de l'amour.

CIDIPPE

Sans aller plus avant, princes, cela veut dire
Que vous aimez Psyché tous deux.

AGÉNOR

Tous deux soumis à son empire,
Nous allons, de concert, lui découvrir nos feux.

AGLAURE

C'est une nouveauté, sans doute, assez bizarre,
Que deux rivaux si bien unis.

CLÉOMÈNE

Il est vrai que la chose est rare,
Mais non pas impossible à deux parfaits amis.

CIDIPPE

Est-ce que dans ces lieux il n'est qu'elle de belle?
Et n'y trouvez-vous point à séparer vos vœux?

AGLAURE

Parmi l'éclat du sang, vos yeux n'ont-ils vu qu'elle
A pouvoir mériter vos feux?

CLÉOMÈNE

Est-ce que l'on consulte au moment qu'on s'enflamme?
Choisit-on qui l'on veut aimer?
Et, pour donner toute son âme,
Regarde-t-on quel droit on a de ne nous charmer?

AGÉNOR

Sans qu'on ait le pouvoir d'élire,
On suit, dans une telle ardeur,
Quelque chose qui nous attire :
Et, lorsque l'amour touche un cœur,
On n'a point de raisons à dire.

AGLAURE

En vérité, je plains les fâcheux embarras
Où je vois que vos cœurs se mettent.
Vous aimez un objet dont les riants appas
Mêleront des chagrins à l'espoir qu'ils vous jettent;
Et son cœur ne vous tiendra pas
Tout ce que ses yeux vous promettent.

CIDIPPE

L'espoir qui vous appelle au rang de ses amants
Trouvera du mécompte aux douceurs qu'elle étale;
Et c'est pour essuyer de très fâcheux moments,
Que les soudains retours de son âme inégale.

AGLAURE

Un clair discernement de ce que vous valez
Nous fait plaindre le sort où cet amour vous guide;
Et vous pouvez trouver tous deux, si vous voulez,
Avec autant d'attraits, une âme plus solide.

CIDIPPE

Par un choix plus doux de moitié,
Vous pouvez de l'amour sauver votre amitié;
Et l'on voit en vous deux un mérite si rare,
Qu'un tendre avis veut bien prévenir, par pitié,
Ce que votre cœur se prépare.

CLÉOMÈNE

Cet avis généreux fait, pour nous, éclater
Des bontés qui nous touchent l'âme;
Mais le ciel nous réduit à ce malheur, madame,
De ne pouvoir en profiter.

AGÉNOR

Votre illustre pitié veut en vain nous distraire
D'un amour dont tous deux nous redoutons l'effet;
Ce que notre amitié, madame, n'a pas fait,
Il n'est rien qui le puisse faire.

CIDIPPE

Il faut que le pouvoir de Psyché... La voici.

SCÈNE III

PSYCHÉ, CIDIPPE, AGLAURE, CLÉOMÈNE, AGÉNOR

CIDIPPE

Venez jouir, ma sœur, de ce qu'on vous apprête.

AGLAURE

Préparez vos attraits à recevoir ici
Le triomphe nouveau d'une illustre conquête.

CIDIPPE

Ces princes ont tous deux si bien senti vos coups,
Qu'à vous le découvrir leur bouche se dispose.

PSYCHÉ

Du sujet qui les tient si rêveurs parmi nous
Je ne me croyais pas la cause;
Et j'aurais cru toute autre chose,
En les voyant parler à vous.

AGLAURE

N'ayant ni beauté ni naissance
A pouvoir mériter leur amour et leurs soins,
Ils nous favorisent au moins
De l'honneur de la confidence.

CLÉOMÈNE, à *Psyché*.

L'aveu qu'il nous faut faire à vos divins appas
Est sans doute, madame, un aveu téméraire:
Mais tant de cœurs, près du trépas,
Sont, par de tels aveux, forcés à vous déplaire,
Que vous êtes réduite à ne les punir pas
Des foudres de votre colère.
Vous voyez en nous deux amis
Qu'un doux rapport d'humeurs sut joindre dès l'enfance;
Et ces tendres liens se sont vus raffermis
Par cent combats d'estime et de reconnaissance.
Du destin ennemi les assauts rigoureux,
Les mépris de la mort, et l'aspect des supplices,
Par d'illustres éclats de mutuels offices,
Ont de notre amitié signalé les beaux nœuds;
Mais, à quelques essais qu'elle se soit trouvée,
Son grand triomphe est en ce jour;

Et rien ne fait tant voir sa constance éprouvée,
Que de se conserver au milieu de l'amour.
Oui, malgré tant d'appas, son illustre constance
Aux lois qu'elle nous fait a soumis tous nos vœux;
Elle vient, d'une douce et pleine déférence,
Remettre à votre choix le succès de nos feux;
Et, pour donner un poids à notre concurrence,
Qui des raisons d'Etat entraîne la balance
Sur le choix de l'un de nous deux,
Cette même amitié s'offre, sans répugnance,
D'unir nos deux Etats au sort du plus heureux.

AGÉNOR

Oui, de ces deux Etats, madame,
Que sous votre heureux choix nous nous offrons d'unir,
Nous voulons faire à notre flamme
Un secours pour vous obtenir.
Ce que, pour ce bonheur, près du roi votre père,
Nous nous sacrifions tous deux,
N'a rien de difficile à nos cœurs amoureux;
Et c'est au plus heureux faire un don nécessaire
D'un pouvoir dont le malheureux,
Madame, n'aura plus affaire.

PSYCHÉ

Le choix que vous m'offrez, princes, montre à mes yeux
De quoi remplir les vœux de l'âme la plus fière;
Et vous me le parez tous deux d'une manière
Qu'on ne peut rien offrir qui soit plus précieux.
Vos feux, votre amitié, votre vertu suprême,
Tout me relève en vous l'offre de votre foi,
Et j'y vois un mérite à s'opposer lui-même
A ce que vous voulez de moi.

Ce n'est pas à mon cœur qu'il faut que je défère,
Pour entrer sous de tels liens;
Ma main, pour se donner, attend l'ordre d'un père,
Et mes sœurs ont des droits qui vont devant les miens.
Mais, si l'on me rendait sur mes vœux absolue,
Vous y pourriez avoir trop de part à la fois;
Et toute mon estime, entre vous suspendue,
Ne pourrait sur aucun laisser tomber mon choix.
A l'ardeur de votre poursuite,
Je répondrais assez de mes vœux les plus doux;
Mais c'est, parmi tant de mérite,
Trop que deux cœurs pour moi, trop peu qu'un cœur pour vous.
De mes plus doux souhaits j'aurais l'âme gênée
A l'effort de votre amitié;
Et j'y vois l'un de vous prendre une destinée
A me faire trop de pitié.
Oui, princes, à tous ceux dont l'amour suit le vôtre,
Je vous préférerais tous deux avec ardeur;
Mais je n'aurais jamais le cœur
De pouvoir préférer l'un de vous deux à l'autre.
A celui que je choisirais
Ma tendresse ferait un trop grand sacrifice;
Et je m'imputerais à barbare injustice
Le tort qu'à l'autre je ferais.
Oui, tous deux vous brillez de trop de grandeur d'âme
Pour en faire aucun malheureux;
Et vous devez chercher dans l'amoureuse flamme
Le moyen d'être heureux tous deux.
Si votre cœur me considère
Assez pour me souffrir de disposer de vous,
J'ai deux sœurs capables de plaire,
Qui peuvent bien vous faire un destin assez doux;

Et l'amitié me rend leur personne assez chère
Pour vous souhaiter leurs époux.

CLÉOMÈNE

Un cœur dont l'amour est extrême
Peut-il bien consentir, hélas!
D'être donné par ce qu'il aime?
Sur nos deux cœurs, madame, à vos divins appas
Nous donnons un pouvoir suprême;
Disposez-en pour le trépas :
Mais pour une autre que vous-même,
Ayez cette bonté de n'en disposer pas.

AGÉNOR

Aux princesses, madame, on ferait trop d'outrage,
Et c'est, pour leurs attraits, un indigne partage,
Que les restes d'une autre ardeur.
Il faut d'un premier feu la pureté fidèle
Pour aspirer à cet honneur
Où votre bonté nous appelle,
Et chacune mérite un cœur
Qui n'ait soupiré que pour elle.

AGLAURE

Il me semble, sans nul courroux,
Qu'avant que de vous en défendre,
Princes, vous deviez bien attendre
Qu'on se fût expliqué sur vous.
Nous croyez-vous un cœur si facile et si tendre?
Et, lorsqu'on parle ici de vous donner à nous,
Savez-vous si l'on veut vous prendre?

CIDIPPE

Je pense que l'on a d'assez hauts sentiments
Pour refuser un cœur qu'il faut qu'on sollicite,

Et qu'on ne veut devoir qu'à son propre mérite
La conquête de ses amants.

PSYCHÉ

J'ai cru pour vous, mes sœurs, une gloire assez grande,
Si la possession d'un mérite si haut...

SCÈNE IV

PSYCHÉ, AGLAURE, CIDIPPE, CLÉOMÈNE, AGÉNOR, LYCAS

LYCAS, à *Psyché*.

Ah! madame!

PSYCHÉ

Qu'as-tu?

LYCAS

Le roi...

PSYCHÉ

Quoi?

LYCAS

Vous demande.

PSYCHÉ

De ce trouble si grand que faut-il que j'attende?

LYCAS

Vous ne le saurez que trop tôt.

PSYCHÉ

Hélas! que pour le roi tu me donnes à craindre!

LYCAS

Ne craignez que pour vous; c'est vous que l'on
doit plaindre.

PSYCHÉ

C'est pour louer le ciel et me voir hors d'effroi,
De savoir que je n'aie à craindre que pour moi.
Mais apprends-moi, Lycas, le sujet qui te touche.

LYCAS

Souffrez que j'obéisse à qui m'envoie ici,
Madame, et qu'on vous laisse apprendre de sa bouche
Ce qui peut m'affliger ainsi.

PSYCHÉ

Allons savoir sur quoi l'on craint tant ma faiblesse.

SCÈNE V

AGLAURE, CIDIPPE, LYCAS

AGLAURE

Si ton ordre n'est pas jusqu'à nous étendu,
Dis-nous quel grand malheur nous couvre ta tristesse.

LYCAS

Hélas! ce grand malheur, dans la cour répandu,
Voyez-le vous-même, princesse,
Dans l'oracle qu'au roi les destins ont rendu.
Voici ses propres mots, que la douleur, madame,
A gravés au fond de mon âme :
« Que l'on ne pense nullement
» A vouloir de Psyché conclure l'hyménée;

» Mais qu'au sommet d'un mont elle soit promptement
» En pompe funèbre menée,
» Et que, de tous abandonnée,
» Pour époux elle attende en ces lieux constamment
» Un monstre dont on a la vue empoisonnée,
» Un serpent qui répand son venin en tous lieux,
» Et trouble dans sa rage et la terre et les cieux. »
Après un arrêt si sévère,
Je vous quitte, et vous laisse à juger entre vous
Si, par de plus cruels et plus sensibles coups,
Tous les dieux nous pouvaient expliquer leur colère.

SCÈNE VI

AGLAURE, CIDIPPE

CIDIPPE

Ma sœur, que sentez-vous à ce soudain malheur
Où nous voyons Psyché par les destins plongée?

AGLAURE

Mais vous, que sentez-vous, ma sœur?

CIDIPPE

A ne vous point mentir, je sens que, dans mon cœur,
Je n'en suis point trop affligée.

AGLAURE

Moi, je sens quelque chose au mien
Qui ressemble assez à la joie.
Allons, le Destin nous envoie
Un mal que nous pouvons regarder comme un bien.

PREMIER INTERMÈDE

La scène est changée en des rochers affreux, et fait voir en l'éloignement une grotte effroyable.

(C'est dans ce désert que Psyché doit être exposée, pour obéir à l'oracle. Une troupe de personnes affligées y viennent déplorer sa disgrâce. Une partie de cette troupe désolée témoigne sa pitié par des plaintes touchantes et par des concerts lugubres; et l'autre exprime sa désolation par une danse pleine de toutes les marques du plus violent désespoir.)

PLAINTES EN ITALIEN

Chantées par une femme désolée et par deux hommes affligés.

FEMME DÉSOLÉE

Deh! piangete al pianto mio,
Sassi duri, antiche selve;
Lagrimate, fonti, e belve,
D'un bel volto il fato rio.

PREMIER HOMME AFFLIGÉ

Ahi dolore!

SECOND HOMME AFFLIGÉ

Ahi martiro!

PREMIER HOMME AFFLIGÉ

Cruda morte!

SECOND HOMME AFFLIGÉ

Empia sorte!

TOUS TROIS

Che condanni a morir tanta beltà!
Cieli! stelle! ahi crudeltà!

FEMME DÉSOLÉE

Rispondete a' miei lamenti,
Antri, cavi, ascose rupi;
Deh! ridite, fondi cupi,
Del mio duolo i mesti accenti.

PREMIER HOMME AFFLIGÉ

Ahi dolore!

SECOND HOMME AFFLIGÉ

Ahi martire!

PREMIER HOMME AFFLIGÉ

Cruda morte!

FEMME DÉSOLÉE ET SECOND HOMME AFFLIGÉ

Empia sorte!

TOUS TROIS

Che condanni a morir tanta beltà!
Cieli! stelle! ahi crudeltà!

SECOND HOMME AFFLIGÉ

Com' esser può fra voi, o numi eterni,
Chi voglia estinta una beltà innocente?
Ahi! che tanto rigor, cielo inclemente,
Vince di crudeltà gli stessi inferni.

PREMIER HOMME AFFLIGÉ

Nume fiero!

SECOND HOMME AFFLIGÉ

Dio severo!

LES DEUX HOMMES AFFLIGÉS

Perchè tanto rigor
Contro innocente cor?
Ahi! sentenza inudita!
Dar morte a la beltà, ch' altrui dà vita!

FEMME DÉSOLÉE

Ahi! ch' indarno si tarda!
Non resiste a li dei mortale affetto,
Alto impero nè sforza,
Ove comanda il ciel, l' uom cede a forza.

PREMIER HOMME AFFLIGÉ

Ahi dolore!

SECOND HOMME AFFLIGÉ

Ahi martire!

PREMIER HOMME AFFLIGÉ

Cruda morte!

FEMME DÉSOLÉE ET SECOND HOMME AFFLIGÉ

Empia sorte!

TOUS TROIS

Che condanni a morir tanta beltà!
Cieli! stelle! ahi crudeltà!

(*Ces plaintes sont entrecoupées et finies par une entrée de ballet de huit personnes affligées, et qui, par leurs attitudes, expriment leur douleur.*)

ACTE DEUXIEME

SCÈNE PREMIÈRE

LE ROI, PSYCHÉ, AGLAURE, CIDIPPE, LYCAS, SUITE

PSYCHÉ

De vos larmes, seigneur, la source m'est bien chère;
Mais c'est trop, aux bontés que vous avez pour moi,
Que de laisser régner les tendresses de père
Jusque dans les yeux d'un grand roi.
Ce qu'on vous voit ici donner à la nature,
Au rang que vous tenez, seigneur, fait trop d'injure,
Et j'en dois refuser les touchantes faveurs.
Laissez moins sur votre sagesse
Prendre d'empire à vos douleurs,
Et cessez d'honorer mon destin par des pleurs
Qui dans le cœur d'un roi montrent de la faiblesse.

LE ROI

Ah! ma fille, à ces pleurs laisse mes yeux ouverts.
Mon deuil est raisonnable, encor qu'il soit extrême,
Et, lorsque pour toujours on perd ce que je perds,
La sagesse, crois-moi, peut pleurer elle-même.
En vain l'orgueil du diadème
Veut qu'on soit insensible à ces cruels revers;
En vain de la raison les secours sont offerts
Pour vouloir d'un œil sec voir mourir ce qu'on aime;
L'effort en est barbare aux yeux de l'univers,
Et c'est brutalité plus que vertu suprême.
Je ne veux point, dans cette adversité,
Parer mon cœur d'insensibilité,

Et cacher l'ennui qui me touche.
Je renonce à la vanité
De cette dureté farouche
Que l'on appelle fermeté;
Et, de quelque façon qu'on nomme
Cette vive douleur dont je ressens les coups,
Je veux bien l'étaler, ma fille, aux yeux de tous,
Et dans le cœur d'un roi montrer le cœur d'un homme.

PSYCHÉ

Je ne mérite pas cette grande douleur :
Opposez, opposez un peu de résistance
Aux droits qu'elle prend sur un cœur
Dont mille événements ont marqué la puissance.
Quoi ! faut-il que pour moi vous renonciez, seigneur,
A cette royale constance
Dont vous avez fait voir, dans les coups du malheur,
Une fameuse expérience?

LE ROI

La constance est facile en mille occasions.
Toutes les révolutions
Où nous peut exposer la fortune inhumaine,
La perte des grandeurs, les persécutions,
Le poison de l'envie et les traits de la haine,
N'ont rien qui ne puissent, sans peine,
Braver les résolutions
D'une âme où la raison est un peu souveraine;
Mais ce qui porte des rigueurs
A faire succomber les cœurs
Sous le poids des douleurs amères,
Ce sont, ce sont les rudes traits
De ces fatalités sévères
Qui nous enlèvent pour jamais

Les personnes qui nous sont chères.
La raison, contre de tels coups,
N'offre point d'armes secourables;
Et voilà, des dieux en courroux,
Les foudres les plus redoutables
Qui se puissent lancer sur nous.

PSYCHÉ

Seigneur, une douceur ici vous est offerte :
Votre hymen a reçu plus d'un présent des dieux,
Et, par une faveur ouverte,
Ils ne vous ôtent rien, en m'ôtant à vos yeux,
Dont ils n'aient pris le soin de réparer la perte.
Il vous reste de quoi consoler vos douleurs;
Et cette loi du ciel, que vous nommez cruelle,
Dans les deux princesses mes sœurs,
Laisse à l'amitié paternelle
Où placer toutes ses douceurs.

LE ROI

Ah! de mes maux soulagement frivole!
Rien, rien ne s'offre à moi qui de toi me console.
C'est sur mes déplaisirs que j'ai les yeux ouverts;
Et, dans un destin si funeste,
Je regarde ce que je perds,
Et ne vois point ce qui me reste.

PSYCHÉ

Vous savez mieux que moi qu'aux volontés des dieux,
Seigneur, il faut régler les nôtres;
Et je ne puis vous dire, en ces tristes adieux,
Que ce que beaucoup mieux vous pouvez dire aux autres.

Ces dieux sont maîtres souverains
Des présents qu'ils daignent nous faire;
Ils ne les laissent dans nos mains
Qu'autant de temps qu'il peut leur plaire.
Lorsqu'ils viennent les retirer,
On n'a nul droit de murmurer
Des grâces que leur main ne veut plus nous étendre.
Seigneur, je suis un don qu'ils ont fait à vos vœux;
Et, quand, par cet arrêt, ils veulent me reprendre,
Ils ne vous ôtent rien que vous ne teniez d'eux;
Et c'est sans murmurer que vous devez me rendre.

LE ROI

Ah! cherche un meilleur fondement
Aux consolations que ton cœur me présente,
Et, de la fausseté de ce raisonnement,
Ne fais point un accablement
A cette douleur si cuisante
Dont je souffre ici le tourment.
Crois-tu là me donner une raison puissante
Pour ne me plaindre point de cet arrêt des cieux?
Et, dans le procédé des dieux,
Dont tu veux que je me contente,
Une rigueur assassinante
Ne paraît-elle pas aux yeux?
Vois l'état où ces dieux me forcent à te rendre,
Et l'autre où te reçut mon cœur infortuné:
Tu connaîtras par là qu'ils me viennent reprendre
Bien plus que ce qu'ils m'ont donné.
Je reçus d'eux en toi, ma fille,
Un présent que mon cœur ne leur demandait pas;
J'y trouvais alors peu d'appas,
Et leur en vis, sans joie, accroître ma famille.
Mais mon cœur, ainsi que mes yeux,

S'est fait de ce présent une douce habitude :
J'ai mis quinze ans de soins, de veilles et d'étude,
A me le rendre précieux;
Je l'ai paré de l'aimable richesse
De mille brillantes vertus;
En lui j'ai renfermé, par des soins assidus,
Tous les plus beaux trésors que fournit la sagesse;
A lui j'ai de mon âme attaché la tendresse;
J'en ai fait de ce cœur le charme et l'allégresse,
La consolation de mes sens abattus,
Le doux espoir de ma vieillesse.
Ils m'ôtent tout cela, ces dieux!
Et tu veux que je n'aie aucun sujet de plainte
Sur cet affreux arrêt dont je souffre l'atteinte!
Ah! leur pouvoir se joue avec trop de rigueur
Des tendresses de notre cœur.
Pour m'ôter leur présent, leur fallait-il attendre
Que j'en eusse fait tout mon bien?
Ou plutôt, s'ils avaient dessein de le reprendre,
N'eût-il pas été mieux de ne me donner rien?

PSYCHÉ

Seigneur, redoutez la colère
De ces dieux contre qui vous osez éclater.

LE ROI

Après ce coup, que peuvent-ils me faire?
Ils m'ont mis en état de ne rien redouter.

PSYCHÉ

Ah! seigneur, je tremble des crimes
Que je vous fais commettre, et je dois me haïr.

LE ROI

Ah! qu'ils souffrent du moins mes plaintes légitimes;

Ce m'est assez d'effort que de leur obéir;
Ce doit leur être assez que mon cœur t'abandonne
Au barbare respect qu'il faut qu'on ait pour eux,
Sans prétendre gêner la douleur que me donne
L'épouvantable arrêt d'un sort si rigoureux.
Mon juste désespoir ne saurait se contraindre;
Je veux, je veux garder ma douleur à jamais;
Je veux sentir toujours la perte que je fais;
De la rigueur du ciel je veux toujours me plaindre;
Je veux, jusqu'au trépas, incessamment pleurer
Ce que tout l'univers ne peut me réparer.

PSYCHÉ

Ah! de grâce, seigneur, épargnez ma faiblesse;
J'ai besoin de constance en l'état où je suis.
Ne fortifiez point l'excès de mes ennuis
    Des larmes de votre tendresse.
Seuls ils sont assez forts, et c'est trop pour mon cœur
    De mon destin et de votre douleur.

LE ROI

Oui, je dois t'épargner mon deuil inconsolable.
Voici l'instant fatal de m'arracher de toi;
Mais comment prononcer ce mot épouvantable?
Il le faut toutefois; le ciel m'en fait la loi:
    Une rigueur inévitable
M'oblige à te laisser en ce funeste lieu.
    Adieu; je vais... Adieu.

SCÈNE II

PSYCHÉ, AGLAURE, CIDIPPE

PSYCHÉ

Suivez le roi, mes sœurs : vous essuirez ses larmes,
Vous adoucirez ses douleurs ;
Et vous l'accableriez d'alarmes,
Si vous vous exposiez encore à mes malheurs.
Conservez-lui ce qui lui reste :
Le serpent que j'attends peut vous être funeste,
Vous envelopper dans mon sort,
Et me porter en vous une seconde mort.
Le ciel m'a seule condamnée
A son haleine empoisonnée :
Rien ne saurait me secourir,
Et je n'ai pas besoin d'exemple pour mourir.

AGLAURE

Ne nous enviez pas ce cruel avantage,
De confondre nos pleurs avec vos déplaisirs,
De mêler nos soupirs à vos derniers soupirs :
D'une tendre amitié souffrez ce dernier gage.

PSYCHÉ

C'est vous perdre inutilement.

CIDIPPE

C'est en votre faveur espérer un miracle,
Ou vous accompagner jusques au monument.

PSYCHÉ

Que peut-on se promettre après un tel oracle?

AGLAURE

Un oracle jamais n'est sans obscurité :
On l'entend d autant moins, que mieux on croit
l'entendre ;
Et peut-être, après tout, n'en devez-vous attendre
Que gloire et que félicité.
Laissez-nous voir, ma sœur, par une digne issue,
Cette frayeur mortelle heureusement déçue,
Ou mourir du moins avec vous,
Si le ciel à nos vœux ne se montre plus doux.

PSYCHÉ

Ma sœur, écoutez mieux la voix de la nature,
Qui vous appelle auprès du roi.
Vous m'aimez trop ; le devoir en murmure,
Vous en savez l'indispensable loi.
Un père vous doit être encor plus cher que moi.
Rendez-vous toutes deux l'appui de sa vieillesse ;
Vous lui devez chacune un gendre et des neveux ;
Mille rois, à l'envi, vous gardent leur tendresse ;
Mille rois, à l'envi, vous offriront leurs vœux.
L'oracle me veut seule ; et seule aussi je veux
Mourir, si je puis, sans faiblesse,
Ou ne vous avoir pas pour témoins toutes deux
De ce que, malgré moi, la nature m'en laisse.

AGLAURE

Partager vos malheurs, c'est vous importuner !

CIDIPPE

J'ose dire un peu plus, ma sœur, c'est vous déplaire !

PSYCHÉ

Non ; mais enfin c'est me gêner,
Et peut-être du ciel redoubler la colère.

AGLAURE

Vous le voulez, et nous partons.
Daigne ce même ciel, plus juste et moins sévère,
Vous envoyer le sort que nous vous souhaitons,
Et que notre amitié sincère,
En dépit de l'oracle et malgré vous, espère.

PSYCHÉ

Adieu. C'est un espoir, ma sœur, et des souhaits
Qu'aucun des dieux ne remplira jamais.

SCÈNE III

PSYCHÉ, *seule.*

Enfin, seule et toute à moi-même,
Je puis envisager cet affreux changement
Qui, du haut d'une gloire extrême,
Me précipite au monument.
Cette gloire était sans seconde;
L'éclat s'en répandait jusqu'aux deux bouts du monde.
Tout ce qu'il a de rois semblaient faits pour m'aimer;
Tous leurs sujets, me prenant pour déesse,
Commençaient à m'accoutumer
Aux encens qu'ils m'offraient sans cesse;
Leurs soupirs me suivaient, sans qu'il m'en coûtât rien;
Mon âme restait libre en captivant tant d'âmes,
Et j'étais, parmi tant de flammes,
Reine de tous les cœurs et maîtresse du mien.
O ciel! m'auriez-vous fait un crime
De cette insensibilité?
Déployez-vous sur moi tant de sévérité,

Pour n'avoir à leurs vœux rendu que de l'estime?
Si vous m'imposiez cette loi,
Qu'il fallût faire un choix pour ne pas vous déplaire,
Puisque je ne pouvais le faire,
Que ne le faisiez-vous pour moi?
Que ne m'inspiriez-vous ce qu'inspire à tant d'autres
Le mérite, l'amour, et... Mais que vois-je ici?

SCÈNE IV

CLÉOMÈNE, AGÉNOR, PSYCHÉ

CLÉOMÈNE

Deux amis, deux rivaux, dont l'unique souci
Est d'exposer leurs jours pour conserver les vôtres.

PSYCHÉ

Puis-je vous écouter, quand j'ai chassé deux sœurs?
Princes, contre le ciel pensez-vous me défendre?
Vous livrer au serpent qu'ici je dois attendre,
Ce n'est qu'un désespoir qui sied mal aux grands cœurs;
Et, mourir alors que je meurs,
C'est accabler une âme tendre
Qui n'a que trop de ses douleurs.

AGÉNOR

Un serpent n'est pas invincible :
Cadmus, qui n'aimait rien, défit celui de Mars.
Nous aimons, et l'Amour sait rendre tout possible
Au cœur qui suit ses étendards,
A la main dont lui-même il conduit tous les dards.

PSYCHÉ

Voulez-vous qu'il vous serve en faveur d'une ingrate
Que tous ses traits n'ont pu toucher?
Qu'il dompte sa vengeance au moment qu'elle éclate,
Et vous aide à m'en arracher?
Quand même vous m'auriez servie,
Quand vous m'auriez rendu la vie,
Quel fruit espérez-vous de qui ne peut aimer?

CLÉOMÈNE

Ce n'est point par l'espoir d'un si charmant salaire
Que nous nous sentons animer;
Nous ne cherchons qu'à satisfaire
Aux devoirs d'un amour qui n'ose présumer
Que jamais, quoi qu'il puisse faire,
Il soit capable de vous plaire,
Et digne de vous enflammer.
Vivez, belle princesse, et vivez pour un autre :
Nous le verrons d'un œil jaloux,
Nous en mourrons, mais d'un trépas plus doux
Que s'il nous fallait voir le vôtre;
Et, si nous ne mourons en vous sauvant le jour,
Quelque amour qu'à nos yeux vous préfériez au nôtre,
Nous voulons bien mourir de douleur et d'amour.

PSYCHÉ

Vivez, princes, vivez, et de ma destinée
Ne songez plus à rompre ou partager la loi :
Je crois vous l'avoir dit, le ciel ne veut que moi;
Le ciel m'a seule condamnée.
Je pense ouïr déjà les mortels sifflements
De son ministre qui s'approche;
Ma frayeur me le peint, me l'offre à tous moments;

Et, maîtresse qu'elle est de tous mes sentiments,
Elle me le figure au haut de cette roche.
J'en tombe de faiblesse, et mon cœur abattu
Ne soutient plus qu'à peine un reste de vertu.
Adieu, princes, fuyez, qu'il ne vous empoisonne.

AGÉNOR

Rien ne s'offre à nos yeux encor qui les étonne;
Et, quand vous vous peignez un si proche trépas,
Si la force vous abandonne,
Nous avons des cœurs et des bras
Que l'espoir n'abandonne pas.
Peut-être qu'un rival a dicté cet oracle,
Que l'or a fait parler celui qui l'a rendu.
Ce ne serait pas un miracle
Que, pour un dieu muet, un homme eût répondu;
Et, dans tous les climats, on n'a que trop d'exemples
Qu'il est, ainsi qu'ailleurs, des méchants dans les temples.

CLÉOMÈNE

Laissez-nous opposer au lâche ravisseur,
A qui le sacrilège indignement vous livre,
Un amour qu'a le ciel choisi pour défenseur
De la seule beauté pour qui nous voulons vivre.
Si nous n'osons prétendre à sa possession,
Du moins, en son péril, permettez-nous de suivre
L'ardeur et les devoirs de notre passion.

PSYCHÉ

Portez-les à d'autres moi-mêmes,
Princes, portez-les à mes sœurs,
Ces devoirs, ces ardeurs extrêmes,
Dont pour moi sont remplis vos cœurs;
Vivez pour elles, quand je meurs;

Plaignez de mon destin les funestes rigueurs,
Sans leur donner en vous de nouvelles matières.
Ce sont mes volontés dernières :
Et l'on a reçu, de tout temps,
Pour souveraines lois les ordres des mourants.

CLÉOMÈNE

Princesse...

PSYCHÉ

Encore un coup, princes, vivez pour elles.
Tant que vous m'aimerez, vous devez m'obéir :
Ne me réduisez pas à vouloir vous haïr,
Et vous regarder en rebelles,
A force de m'être fidèles.
Allez, laissez-moi seule expirer en ce lieu,
Où je n'ai plus de voix que pour vous dire adieu.
Mais je sens qu'on m'enlève, et l'air m'ouvre une route
D'où vous n'entendrez plus cette mourante voix.
Adieu, princes; adieu pour la dernière fois :
Voyez si de mon sort vous pouvez être en doute.

(*Psyché est enlevée en l'air par deux Zéphyrs.*)

AGÉNOR

Nous la perdons de vue. Allons tous deux chercher
Sur le faîte de ce rocher,
Prince, les moyens de la suivre.

CLÉOMÈNE

Allons y chercher ceux de ne lui point survivre.

SCÈNE V

L'AMOUR, *en l'air.*

Allez mourir, rivaux d'un dieu jaloux,
Dont vous méritez le courroux,
Pour avoir eu le cœur sensible aux mêmes charmes.
Et toi, forge, Vulcain, mille brillants attraits
Pour orner un palais
Où l'Amour de Psyché veut essuyer les larmes,
Et lui rendre les armes.

DEUXIÈME INTERMÈDE

(*La scène se change en une cour magnifique, ornée de colonnes de lapis, enrichies de figures d'or, qui forment un palais pompeux et brillant que l'Amour destine pour Psyché. Six cyclopes, avec quatre fées, y font une entrée de ballet, où ils achèvent en cadence quatre gros vases d'argent que les fées leur ont apportés. Cette entrée est entrecoupée par ce récit de Vulcain, qu'il fait à deux reprises :*)

PREMIER COUPLET

Dépêchez, préparez ces lieux
Pour le plus aimable des dieux :
Que chacun pour lui s'intéresse,
N'oubliez rien des soins qu'il faut.
Quand l'Amour presse,
On n'a jamais fait assez tôt.

L'Amour ne veut point qu'on diffère ;
Travaillez, hâtez-vous,

Frappez, redoublez vos coups;
Que l'ardeur de lui plaire
Passe vos soins les plus doux.

SECOND COUPLET

Servez bien un dieu si charmant;
Il se plaît dans l'empressement;
Que chacun pour lui s'intéresse;
N'oubliez rien de ce qu'il faut.
Quand l'Amour presse,
On n'a jamais fait assez tôt.

L'Amour ne veut point qu'on diffère;
Travaillez, hâtez-vous,
Frappez, redoublez vos coups;
Que l'ardeur de lui plaire
Passe vos soins les plus doux.

ACTE TROISIÈME

SCÈNE PREMIÈRE

L'AMOUR, ZÉPHYRE

ZÉPHYRE

Oui, je me suis galamment acquitté
De la commission que vous m'avez donnée;
Et, du haut du rocher, je l'ai, cette beauté,
Par le milieu des airs doucement amenée
Dans ce beau palais enchanté,
Où vous pouvez en liberté
Disposer de sa destinée.

Mais vous me surprenez par ce grand changement
Qu'en votre personne vous faites;
Cette taille, ces traits et cet ajustement
Cachent tout à fait qui vous êtes;
Et je donne aux plus fins à pouvoir, en ce jour,
Vous reconnaître pour l'Amour.

L'AMOUR

Aussi ne veux-je pas qu'on puisse me connaître;
Je ne veux à Psyché découvrir que mon cœur,
Rien que les beaux transports de cette vive ardeur
Que ses doux charmes y font naître;
Et, pour en exprimer l'amoureuse langueur,
Et cacher ce que je puis être
Aux yeux qui m'imposent des lois,
J'ai pris la forme que tu vois.

ZÉPHYRE

En tout vous êtes un grand maître;
C'est ici que je le connois.
Sous des déguisements de diverse nature,
On a vu les dieux amoureux
Chercher à soulager cette douce blessure
Que reçoivent les cœurs de vos traits pleins de feux;
Mais en bon sens vous l'emportez sur eux;
Et voilà la bonne figure
Pour avoir un succès heureux
Près de l'aimable sexe où l'on porte ses vœux.
Oui, de ces formes-là l'assistance est bien forte;
Et, sans parler ni de rang ni d'esprit,
Qui peut trouver moyen d'être fait de la sorte
Ne soupire guère à crédit.

L'AMOUR

J'ai résolu, mon cher Zéphyre,
De demeurer ainsi toujours;

Et l'on ne peut le trouver à redire
A l'aîné de tous les Amours.
Il est temps de sortir de cette longue enfance
Qui fatigue ma patience;
Il est temps désormais que je devienne grand.

ZÉPHYRE

Fort bien. Vous ne pouvez mieux faire;
Et vous entrez dans un mystère
Qui ne demande rien d'enfant.

L'AMOUR

Ce changement, sans doute, irritera ma mère.

ZÉPHYRE

Je prévois là-dessus quelque peu de colère,
Bien que les disputes des ans
Ne doivent point régner parmi les immortelles.
Votre mère Vénus est de l'humeur des belles,
Qui n'aiment point de grands enfants.
Mais où je la trouve outragée,
C'est dans le procédé que l'on vous voit tenir;
Et c'est l'avoir étrangement vengée,
Que d'aimer la beauté qu'elle voulait punir!
Cette haine où ses vœux prétendent que réponde
La puissance d'un fils que redoutent les dieux...

L'AMOUR

Laissons cela, Zéphyre, et me dis si tes yeux
Ne trouvent pas Psyché la plus belle du monde.
Est-il rien sur la terre, est-il rien dans les cieux,
Qui puisse lui ravir le titre glorieux
De beauté sans seconde?
Mais je la vois, mon cher Zéphyre,
Qui demeure surprise à l'éclat de ces lieux.

ZÉPHYRE

Vous pouvez vous montrer pour finir son martyre,
Lui découvrir son destin glorieux,
Et vous dire, entre vous, tout ce que peuvent dire
Les soupirs, la bouche et les yeux.
En confident discret, je sais ce qu'il faut faire
Pour ne pas interrompre un amoureux mystère.

SCÈNE II

PSYCHÉ, *seule.*

Où suis-je? et, dans un lieu que je croyais barbare,
Quelle savante main a bâti ce palais,
Que l'art, que la nature pare
De l'assemblage le plus rare
Que l'œil puisse admirer jamais?
Tout rit, tout brille, tout éclate
Dans ces jardins, dans ces appartements,
Dont les pompeux ameublements,
N'ont rien qui n'enchante et ne flatte;
Et, de quelque côté que tournent mes frayeurs,
Je ne vois sous mes pas que de l'or ou des fleurs.
Le ciel aurait-il fait cet amas de merveilles
Pour la demeure d'un serpent?
Et, lorsque, par leur vue, il amuse et suspend
De mon destin jaloux les rigueurs sans pareilles,
Veut-il montrer qu'il s'en repent?
Non, non; c'est de sa haine, en cruautés féconde,
Le plus noir, le plus rude trait,
Qui, par une rigueur nouvelle et sans seconde,
N'étale ce choix qu'elle a fait
De ce qu'a de plus beau le monde,
Qu'afin que je le quitte avec plus de regret.

Que mon espoir est ridicule,
S'il croit par là soulager mes douleurs!
Tout autant de moments que ma mort se recule,
Sont autant de nouveaux malheurs :
Plus elle tarde, et plus de fois je meurs.
Ne me fais plus languir, viens prendre ta victime,
Monstre qui dois me déchirer.
Veux-tu que je te cherche, et faut-il que j'anime
Tes fureurs à me dévorer?
Si le ciel veut ma mort, si ma vie est un crime,
De ce peu qui me reste ose enfin t'emparer;
Je suis lasse de murmurer
Contre un châtiment légitime:
Je suis lasse de soupirer;
Viens, que j'achève d'expirer.

SCÈNE III

L'AMOUR, PSYCHÉ, ZÉPHYRE

L'AMOUR

Le voilà, ce serpent, ce monstre impitoyable,
Qu'un oracle étonnant pour vous a préparé,
Et qui n'est pas, peut-être, à tel point effroyable
Que vous vous l'êtes figuré.

PSYCHÉ

Vous, seigneur, vous seriez ce monstre dont l'oracle
A menacé mes tristes jours,
Vous qui semblez plutôt un dieu qui, par miracle,
Daigne venir lui-même à mon secours!

L'AMOUR

Quel besoin de secours au milieu d'un empire
Où tout ce qui respire

N'attend que vos regards pour en prendre la loi,
Où vous n'avez à craindre autre monstre que moi?

PSYCHÉ

Qu'un monstre tel que vous inspire peu de crainte!
Et que, s'il a quelque poison,
Une âme aurait peu de raison
De hasarder la moindre plainte
Contre une favorable atteinte,
Dont tout le cœur craindrait la guérison!
A peine je vous vois, que mes frayeurs cessées
Laissent évanouir l'image du trépas,
Et que je sens couler dans mes veines glacées
Un je ne sais quel feu que je ne connais pas.
J'ai senti de l'estime et de la complaisance,
De l'amitié, de la reconnaissance;
De la compassion les chagrins innocents
M'en ont fait sentir la puissance;
Mais je n'ai point encor senti ce que je sens.
Je ne sais ce que c'est; mais je sais qu'il me charme,
Que je n'en conçois point d'alarme.
Plus j'ai les yeux sur vous, plus je m'en sens charmer.
Tout ce que j'ai senti n'agissait point de même;
Et je dirais que je vous aime,
Seigneur, si je savais ce que c'est que d'aimer.
Ne les détournez point, ces yeux qui m'empoisonnent,
Ces yeux tendres, ces yeux perçants, mais amoureux,
Qui semblent partager le trouble qu'ils me donnent.
Hélas! plus ils sont dangereux,
Plus je me plais à m'attacher sur eux.
Par quel ordre du ciel, que je ne puis comprendre,
Vous dis-je plus que je ne dois,
Moi de qui la pudeur devrait du moins attendre
Que vous m'expliquassiez le trouble où je vous vois?

Vous soupirez, seigneur, ainsi que je soupire;
Vos sens, comme les miens, paraissent interdits.
C'est à moi de m'en taire, à vous de me le dire;
Et cependant c'est moi qui vous le dis.

L'AMOUR

Vous avez eu, Psyché, l'âme toujours si dure,
Qu'il ne faut pas vous étonner
Si, pour en réparer l'injure,
L'amour, en ce moment, se paye avec usure
De ce qu'elle a dû lui donner.
Ce moment est venu qu'il faut que votre bouche
Exhale des soupirs si longtemps retenus,
Et qu'en vous arrachant à cette humeur farouche,
Un amas de transports aussi doux qu'inconnus
Aussi sensiblement tout à la fois vous touche,
Qu'ils ont dû vous toucher durant tant de beaux jours
Dont cette âme insensible a profané le cours.

PSYCHÉ

N'aimer point, c'est donc un grand crime?

L'AMOUR

En souffrez-vous un rude châtiment?

PSYCHÉ

C'est punir assez doucement.

L'AMOUR

C'est lui choisir sa peine légitime,
Et se faire justice, en ce glorieux jour,
D'un manquement d'amour par un excès d'amour.

PSYCHÉ

Que n'ai-je été plus tôt punie!
J'y mets le bonheur de ma vie.

Je devrais en rougir, ou le dire plus bas;
Mais le supplice a trop d'appas.
Permettez que, tout haut, je le die et redie :
Je le dirais cent fois, et n'en rougirais pas.
Ce n'est point moi qui parle; et de votre présence
L'empire surprenant, l'aimable violence,
Dès que je veux parler, s'empare de ma voix.
C'est en vain qu'en secret ma pudeur s'en offense,
Que le sexe et la bienséance
Osent me faire d'autres lois :
Vos yeux de ma réponse eux-mêmes font le choix,
Et ma bouche, asservie à leur toute-puissance,
Ne me consulte plus sur ce que je me dois.

L'AMOUR

Croyez, belle Psyché, croyez ce qu'ils vous disent,
Ces yeux qui ne sont point jaloux;
Qu'à l'envi les vôtres m'instruisent
De tout ce qui se passe en vous.
Croyez-en ce cœur qui soupire,
Et qui, tant que le vôtre y voudra repartir,
Vous dira bien plus, d'un soupir,
Que cent regards ne peuvent dire.
C'est le langage le plus doux,
C'est le plus fort, c'est le plus sûr de tous.

PSYCHÉ

L'intelligence en était due
A nos cœurs, pour les rendre également contents.
J'ai soupiré, vous m'avez entendue;
Vous soupirez, je vous entends.
Mais ne me laissez plus en doute,
Seigneur, et dites-moi si, par la même route,
Après moi, le Zéphyre ici vous a rendu
Pour me dire ce que j'écoute.

Quand j'y suis arrivée, étiez-vous attendu?
Et quand vous lui parlez, êtes-vous entendu?

L'AMOUR

J'ai dans ce doux climat un souverain empire,
Comme vous l'avez sur mon cœur;
L'Amour m'est favorable, et c'est en sa faveur
Qu'à mes ordres Éole a soumis le Zéphyre.
C'est l'Amour qui, pour voir mes feux récompensés,
Lui-même a dicté cet oracle
Par qui vos beaux jours menacés
D'une foule d'amants se sont débarrassés,
Et qui m'a délivré de l'éternel obstacle
De tant de soupirs empressés
Qui ne méritaient pas de vous être adressés.
Ne me demandez point quelle est cette province,
Ni le nom de son prince :
Vous le saurez quand il en sera temps.
Je veux vous acquérir, mais c'est par mes services,
Par des soins assidus et par des vœux constants,
Par les amoureux sacrifices
De tout ce que je suis,
De tout ce que je puis,
Sans que l'éclat du rang pour moi vous sollicite,
Sans que de mon pouvoir je me fasse un mérite;
Et, bien que souverain dans cet heureux séjour,
Je ne vous veux, Psyché, devoir qu'à mon amour.
Venez en admirer avec moi les merveilles,
Princesse, et préparez vos yeux et vos oreilles
A ce qu'il a d'enchantements;
Vous y verrez des bois et des prairies
Contester sur leurs agréments
Avec l'or et les pierreries;
Vous n'entendrez que des concerts charmants;

De cent beautés vous y serez servie,
Qui vous adoreront sans vous porter envie,
Et brigueront à tous moments,
D'une âme soumise et ravie,
L'honneur de vos commandements.

PSYCHÉ

Mes volontés suivent les vôtres;
Je n'en saurais plus avoir d'autres :
Mais votre oracle enfin vient de me séparer
De deux sœurs et du roi mon père,
Que mon trépas imaginaire
Réduit tous trois à me pleurer.
Pour dissiper l'erreur dont leur âme accablée
De mortels déplaisirs se voit pour moi comblée,
Souffrez que mes sœurs soient témoins
Et de ma gloire et de vos soins.
Prêtez-leur, comme à moi, les ailes du Zéphyre,
Qui leur puissent de votre empire,
Ainsi qu'à moi, faciliter l'accès;
Faites-leur voir en quel lieu je respire;
Faites-leur de ma perte admirer le succès.

L'AMOUR

Vous ne me donnez pas, Psyché, toute votre âme;
Ce tendre souvenir d'un père et de deux sœurs
Me vole une part des douceurs
Que je veux toutes pour ma flamme.
N'ayez d'yeux que pour moi, qui n'en ai que pour vous,
Ne songez qu'à m'aimer, ne songez qu'à me plaire :
Et, quand de tels soucis osent vous en distraire...

PSYCHÉ

Des tendresses du sang peut-on être jaloux?

L'AMOUR

Je le suis, ma Psyché, de toute la nature.
Les rayons du soleil vous baisent trop souvent;
Vos cheveux souffrent trop les caresses du vent;
Dès qu'il les flatte, j'en murmure :
L'air même que vous respirez
Avec trop de plaisir passe par votre bouche;
Votre habit de trop près vous touche;
Et, sitôt que vous soupirez,
Je ne sais quoi, qui m'effarouche,
Craint, parmi vos soupirs, des soupirs égarés.
Mais vous voulez vos sœurs; allez, partez, Zéphyre;
Psyché le veut, je ne l'en puis dédire.

(Zéphyre s'envole.)

SCÈNE IV

L'AMOUR, PSYCHÉ

L'AMOUR

Quand vous leur ferez voir ce bienheureux séjour,
De ces trésors faites-leur cent largesses,
Prodiguez-leur caresses sur caresses;
Et du sang, s'il se peut, épuisez les tendresses,
Pour vous rendre toute à l'amour.
Je n'y mêlerai point d'importune présence;
Mais ne leur faites pas de si longs entretiens :
Vous ne sauriez pour eux avoir de complaisance,
Que vous ne dérobiez aux miens.

PSYCHÉ

Votre amour me fait une grâce
Dont je n'abuserai jamais.

L'AMOUR

Allons voir cependant ces jardins, ce palais,
Où vous ne verrez rien que votre éclat n'efface.
Et vous, petits Amours, et vous, jeunes Zéphyrs,
Qui pour armes n'avez que de tendres soupirs,
Montrez tous à l'envi ce qu'à voir ma princesse
Vous avez senti d'allégresse.

TROISIÈME INTERMÈDE

(*Il se fait une entrée de ballet de quatre Amours et de quatre Zéphyrs, interrompue deux fois par un dialogue chanté par un Amour et un Zéphyr.*)

L'AMOUR, PSYCHÉ

PREMIER COUPLET

LE ZÉPHYR

Aimable jeunesse,
Suivez la tendresse;
Joignez aux beaux jours
La douceur des amours.
C'est pour vous surprendre
Qu'on vous fait entendre
Qu'il faut éviter leurs soupirs
Et craindre leurs désirs :
Laissez-vous apprendre
Quels sont leurs plaisirs.

(*Ils chantent ensemble.*)

Chacun est obligé d'aimer
A son tour;
Et plus on a de quoi charmer,
Plus on doit à l'Amour.

LE ZÉPHYR, *seul.*

Un cœur jeune et tendre
Est fait pour se rendre;
Il n'a point à prendre
De fâcheux détour.

LES DEUX, *ensemble.*

Chacun est obligé d'aimer
A son tour;
Et plus on a de quoi charmer,
Plus on doit à l'Amour.

L'AMOUR, *seul.*

Pourquoi se défendre?
Que sert-il d'attendre?
Quand on perd un jour,
On le perd sans retour.

LES DEUX, *ensemble.*

Chacun est obligé d'aimer
A son tour,
Et plus on a de quoi charmer,
Plus on doit à l'Amour.

SECOND COUPLET

LE ZÉPHYR

L'Amour a des charmes,
Rendons-lui les armes;
Ses soins et ses pleurs
Ne sont pas sans douceurs.
Un cœur, pour le suivre,
A cent maux se livre.
Il faut, pour goûter ses appas,
Languir jusqu'au trépas :

Mais ce n'est pas vivre
Que de n'aimer pas.

(*Ils chantent ensemble.*)

S'il faut des soins et des travaux
En aimant,
On est payé de mille maux
Par un heureux moment.

LE ZÉPHYR, *seul.*

On craint, on espère;
Il faut du mystère;
Mais on n'obtient guère
De bien sans tourment.

LES DEUX, *ensemble.*

S'il faut des soins et des travaux
En aimant,
On est payé de mille maux
Par un heureux moment.

L'AMOUR, *seul.*

Que peut-on mieux faire
Qu'aimer et que plaire?
C'est un soin charmant,
Que l'emploi d'un amant.

LES DEUX, *ensemble.*

S'il faut des soins et des travaux
En aimant,
On est payé de mille maux
Par un heureux moment.

ACTE QUATRIÈME

Le théâtre devient un autre palais magnifique, coupé dans le fond par un vestibule, au travers duquel on voit un jardin superbe et charmant, décoré de plusieurs vases d'orangers et d'arbres chargés de toutes sortes de fruits.

SCÈNE PREMIÈRE

AGLAURE, CIDIPPE

AGLAURE

Je n'en puis plus, ma sœur : j'ai vu trop de merveilles ;
L'avenir aura peine à les bien concevoir ;
Le soleil, qui voit tout et qui nous fait tout voir,
N'en a vu jamais de pareilles.
Elles me chagrinent l'esprit ;
Et ce brillant palais, ce pompeux équipage,
Font un odieux étalage
Qui m'accable de honte autant que de dépit.
Que la Fortune indignement nous traite,
Et que sa largesse indiscrète
Prodigue aveuglément, épuise, unit d'efforts
Pour faire de tant de trésors
Le partage d'une cadette !

CIDIPPE

J'entre dans tous vos sentiments ;
J'ai les mêmes chagrins ; et, dans ces lieux charmants,
Tout ce qui vous déplaît me blesse ;
Tout ce que vous prenez pour un mortel affront,
Comme vous, m'accable, et me laisse
L'amertume dans l'âme et la rougeur au front.

AGLAURE

Non, ma sœur, il n'est point de reines
Qui, dans leur propre Etat, parlent en souveraines
Comme Psyché parle en ces lieux.
On l'y voit obéie avec exactitude;
Et de ses volontés une amoureuse étude
Les cherche jusque dans ses yeux.
Mille beautés s'empressent autour d'elle,
Et semblent dire à nos regards jaloux :
Quels que soient nos attraits, elle est encor plus belle,
Et nous, qui la servons, le sommes plus que vous.
Elle prononce, on exécute;
Aucun ne s'en défend, aucun ne s'en rebute.
Flore, qui s'attache à ses pas,
Répand à pleines mains, autour de sa personne,
Ce qu'elle a de plus doux appas;
Zéphyre vole aux ordres qu'elle donne,
Et son amante et lui, s'en laissant trop charmer,
Quittent, pour la servir, les soins de s'entr'aimer.

CIDIPPE

Elle a des dieux à son service;
Elle aura bientôt des autels;
Et nous ne commandons qu'à de chétifs mortels
De qui l'audace et le caprice,
Contre nous, à toute heure, en secret révoltés,
Opposent à nos volontés
Ou le murmure ou l'artifice.

AGLAURE

C'était peu que, dans notre cour,
Tant de cœurs, à l'envi, nous l'eussent préférée;
Ce n'était pas assez que, de nuit et de jour,
D'une foule d'amants elle y fût adorée;

Quand nous nous consolions de la voir au tombeau
Par l'ordre imprévu d'un oracle,
Elle a voulu de son destin nouveau
Faire en notre présence éclater le miracle,
Et choisir nos yeux pour témoins
De ce qu'au fond du cœur nous souhaitions le moins.

CIDIPPE

Ce qui le plus me désespère,
C'est cet amant parfait et si digne de plaire
Qui se captive sous ses lois.
Quand nous pourrions choisir entre tous les monarques,
En est-il un, de tant de rois,
Qui porte de si nobles marques?
Se voir du bien par delà ses souhaits
N'est souvent qu'un bonheur qui fait des misérables;
Il n'est ni train pompeux ni superbes palais
Qui n'ouvrent quelque porte à des maux incurables:
Mais, avoir un amant d'un mérite achevé,
Et s'en voir chèrement aimée,
C'est un bonheur si haut, si relevé,
Que sa grandeur ne peut être exprimée.

AGLAURE

N'en parlons plus, ma sœur, nous en mourrions d'ennui.
Songeons plutôt à la vengeance,
Et trouvons le moyen de rompre entre elle et lui
Cette adorable intelligence.
La voici. J'ai des coups tout prêts à lui porter,
Qu'elle aura peine d'éviter.

SCÈNE II

PSYCHÉ, AGLAURE, CIDIPPE

PSYCHÉ

Je viens vous dire adieu ; mon amant vous renvoie,
Et ne saurait plus endurer
Que vous lui retranchiez un moment de la joie
Qu'il prend de se voir seul à me considérer.
Dans un simple regard, dans la moindre parole,
Son amour trouve des douceurs
Qu'en faveur du sang je lui vole,
Quand je les partage à des sœurs.

AGLAURE

La jalousie est assez fine,
Et ces délicats sentiments
Méritent bien qu'on s'imagine
Que celui qui pour vous a ces empressements
Passe le commun des amants.
Je vous en parle ainsi, faute de le connaître.
Vous ignorez son nom, et ceux dont il tient l'être ;
Nos esprits en sont alarmés.
Je le tiens un grand prince, et d'un pouvoir suprême
Bien au delà du diadème ;
Ses trésors, sous vos pas confusément semés,
Ont de quoi faire honte à l'abondance même ;
Vous l'aimez autant qu'il vous aime ;
Il vous charme, et vous le charmez.
Votre félicité, ma sœur, serait extrême,
Si vous saviez qui vous aimez.

PSYCHÉ

Que m'importe ? J'en suis aimée.
Plus il me voit, plus je lui plais.
Il n'est point de plaisirs dont l'âme soit charmée

Qui ne préviennent mes souhaits;
Et je vois mal de quoi la vôtre est alarmée,
Quand tout me sert dans ce palais.

AGLAURE

Qu'importe qu'ici tout vous serve,
Si toujours cet amant vous cache ce qu'il est?
Nous ne nous alarmons que pour votre intérêt.
En vain tout vous y rit, en vain tout vous y plaît,
Le véritable amour ne fait point de réserve;
Et qui s'obstine à se cacher
Sent quelque chose en soi qu'on lui peut reprocher.
Si cet amant devient volage
(Car souvent, en amour, le change est assez doux;
Et, j'ose le dire entre nous,
Pour grand que soit l'éclat dont brille ce visage,
Il en peut être ailleurs d'aussi belles que vous);
Si, dis-je, un autre objet sous d'autres lois l'engage;
Si, dans l'état où je vous voi,
Seule en ses mains, et sans défense,
Il va jusqu'à la violence,
Sur qui vous vengera le roi,
Ou de ce changement, ou de cette insolence ?

PSYCHÉ

Ma sœur, vous me faites trembler.
Juste ciel! pourrais-je être assez infortunée...

CIDIPPE

Que sait-on si déjà les nœuds de l'hyménée...

PSYCHÉ

N'achevez pas; ce serait m'accabler.

AGLAURE

Je n'ai plus qu'un mot à vous dire :
Ce prince qui vous aime, et qui commande aux vents,

Qui nous donne pour char les ailes du Zéphyre,
Et de nouveaux plaisirs vous comble à tous moments,
Quand il rompt à vos yeux l'ordre de la nature,
Peut-être à tant d'amour mêle un peu d'imposture;
Peut-être ce palais n'est qu'un enchantement;
Et ces lambris dorés, ces amas de richesses,
Dont il achète vos tendresses,
Dès qu'il sera lassé de souffrir vos caresses,
Disparaîtront en un moment.
Vous savez comme nous ce que peuvent les charmes.

PSYCHÉ

Que je sens à mon tour de cruelles alarmes!

AGLAURE

Notre amitié ne veut que votre bien.

PSYCHÉ

Adieu, mes sœurs; finissons l'entretien.
J'aime, et je crains qu'on ne s'impatiente.
Partez; et demain, si je puis,
Vous me verrez ou plus contente,
Ou dans l'accablement des plus mortels ennuis.

AGLAURE

Nous allons dire au roi quelle nouvelle gloire,
Quel excès de bonheur le ciel répand sur vous.

CIDIPPE

Nous allons lui conter d'un changement si doux
La surprenante et merveilleuse histoire.

PSYCHÉ

Ne l'inquiétez point, ma sœur, de vos soupçons;
Et, quand vous lui peindrez un si charmant empire...

AGLAURE

Nous savons toutes deux ce qu'il faut taire ou dire,
Et n'avons pas besoin, sur ce point, de leçons.

(Zéphyre enlève les deux sœurs de Psyché dans un nuage qui descend jusqu'à terre, et dans lequel il les emporte avec rapidité.)

SCÈNE III

L'AMOUR, PSYCHÉ

L'AMOUR

Enfin vous êtes seule, et je puis vous redire,
Sans avoir pour témoin vos importunes sœurs,
Ce que des yeux si beaux ont pris sur moi d'empire,
Et quels excès ont les douceurs
Qu'une sincère ardeur inspire
Sitôt qu'elle assemble deux cœurs.
Je puis vous expliquer de mon âme ravie
Les amoureux empressements,
Et vous jurer qu'à vous seule asservie,
Elle n'a pour objet de ses ravissements
Que de voir cette ardeur, de même ardeur suivie,
Ne concevoir plus d'autre envie
Que de régler mes vœux sur vos désirs,
Et de ce qui vous plaît faire tous mes plaisirs.
Mais d'où vient qu'un triste nuage
Semble offusquer l'éclat de ces beaux yeux?
Vous manque-t-il quelque chose en ces lieux?
Des vœux qu'on vous y rend dédaignez-vous l'hommage?

PSYCHÉ

Non, seigneur.

L'AMOUR

Qu'est-ce donc? et d'où vient mon malheur?
J'entends moins de soupirs d'amour que de douleur;
Je vois de votre teint les roses amorties
Marquer un déplaisir secret;
Vos sœurs à peine sont parties,
Que vous soupirez de regret.
Ah! Psyché, de deux cœurs quand l'ardeur est la même,
Ont-ils des soupirs différents?
Et, quand on aime bien et qu'on voit ce qu'on aime,
Peut-on songer à des parents?.

PSYCHÉ

Ce n'est point là ce qui m'afflige.

L'AMOUR

Est-ce l'absence d'un rival,
Et d'un rival aimé, qui fait qu'on me néglige?

PSYCHÉ

Dans un cœur tout à vous que vous pénétrez mal!
Je vous aime, seigneur, et mon amour s'irrite
De l'indigne soupçon que vous avez formé.
Vous ne connaissez pas quel est votre mérite,
Si vous craignez de n'être pas aimé.
Je vous aime; et, depuis que j'ai vu la lumière,
Je me suis montrée assez fière
Pour dédaigner les vœux de plus d'un roi;
Et, s'il vous faut ouvrir mon âme tout entière,
Je n'ai trouvé que vous qui fût digne de moi.
Cependant j'ai quelque tristesse
Qu'en vain je voudrais vous cacher;
Un noir chagrin se mêle à toute ma tendresse,
Dont je ne la puis détacher.

Ne m'en demandez point la cause ;
Peut-être, le sachant, voudrez-vous m'en punir ;
Et, si j'ose aspirer encore à quelque chose,
Je suis sûre du moins de ne point l'obtenir.

L'AMOUR

Eh ! ne craignez-vous point qu'à mon tour je m'irrite
Que vous connaissiez mal quel est votre mérite,
Ou feigniez de ne pas savoir
Quel est sur moi votre absolu pouvoir ?
Ah ! si vous en doutez, soyez désabusée.
Parlez.

PSYCHÉ

J'aurai l'affront de me voir refusée.

L'AMOUR

Prenez en ma faveur de meilleurs sentiments ;
L'expérience en est aisée.
Parlez, tout se tient prêt à vos commandements.
Si, pour m'en croire, il vous faut des serments,
J'en jure vos beaux yeux, ces maîtres de mon âme,
Ces divins auteurs de ma flamme ;
Et, si ce n'est assez d'en jurer vos beaux yeux,
J'en jure par le Styx, comme jurent les dieux.

PSYCHÉ

J'ose craindre un peu moins, après cette assurance.
Seigneur, je vois ici la pompe et l'abondance ;
Je vous adore, et vous m'aimez ;
Mon cœur en est ravi, mes sens en sont charmés ;
Mais, parmi ce bonheur suprême,
J'ai le malheur de ne savoir qui j'aime :
Dissipez cet aveuglement,
Et faites-moi connaître un si parfait amant.

L'AMOUR

Psyché, que venez-vous de dire?

PSYCHÉ

Que c'est le bonheur où j'aspire;
Et, si vous ne me l'accordez...

L'AMOUR

Je l'ai juré, je n'en suis plus le maître :
Mais vous ne savez pas ce que vous demandez.
Laissez-moi mon secret. Si je me fais connaître,
Je vous perds, et vous me perdez.
Le seul remède est de vous en dédire.

PSYCHÉ

C'est là sur vous mon souverain empire?

L'AMOUR

Vous pouvez tout, et je suis tout à vous.
Mais, si nos feux vous semblent doux,
Ne mettez point d'obstacle à leur charmante suite;
Ne me forcez point à la fuite;
C'est le moindre malheur qui nous puisse arriver
D'un souhait qui vous a séduite.

PSYCHÉ

Seigneur, vous voulez m'éprouver;
Mais je sais ce que j'en dois croire.
De grâce, apprenez-moi tout l'excès de ma gloire,
Et ne me cachez plus pour quel illustre choix
J'ai rejeté les vœux de tant de rois.

L'AMOUR

Le voulez-vous?

PSYCHÉ

Souffrez que je vous en conjure.

L'AMOUR

Si vous saviez, Psyché, la cruelle aventure
Que par là vous vous attirez...

PSYCHÉ

Seigneur, vous me désespérez.

L'AMOUR

Pensez-y bien ; je puis encor me taire.

PSYCHÉ

Faites-vous des serments pour n'y point satisfaire ?

L'AMOUR

Eh bien ! je suis le dieu le plus puissant des dieux,
Absolu sur la terre, absolu dans les cieux ;
Dans les eaux, dans les airs, mon pouvoir est suprême :
En un mot, je suis l'Amour même,
Qui de mes propres traits m'étais blessé pour vous,
Et, sans la violence, hélas ! que vous me faites,
Et qui vient de changer mon amour en courroux,
Vous m'alliez avoir pour époux.
Vos volontés sont satisfaites ;
Vous avez su qui vous aimiez ;
Vous connaissez l'amant que vous charmiez ;
Psyché, voyez où vous en êtes.
Vous me forcez vous-même à vous quitter ;
Vous me forcez vous-même à vous ôter
Tout l'effet de votre victoire.
Peut-être vos beaux yeux ne me reverront plus.
Ce palais, ces jardins, avec moi disparus,
Vont faire évanouir votre naissante gloire.
Vous n'avez pas voulu m'en croire ;

Et, pour tout fruit de ce doute éclairci,
Le Destin, sous qui le ciel tremble,
Plus fort que mon amour, que tous les dieux ensemble,
Vous va montrer sa haine, et me chasse d'ici.

(L'Amour disparaît; et, dans l'instant qu'il s'envole, le superbe jardin s'évanouit; Psyché demeure seule au milieu d'une vaste campagne et sur le bord sauvage d'un grand fleuve où elle veut se précipiter. Le Dieu du fleuve paraît, assis sur un amas de joncs et de roseaux, et appuyé sur une grande urne d'où sort une grosse source d'eau.)

SCÈNE IV

PSYCHÉ, LE DIEU DU FLEUVE

PSYCHÉ

Cruel destin, funeste inquiétude!
Fatale curiosité!
Qu'avez-vous fait, affreuse solitude,
De toute ma félicité?
J'aimais un dieu, j'en étais adorée.
Mon bonheur redoublait de moment en moment;
Et je me vois seule, éplorée,
Au milieu d'un désert, où, pour accablement,
Et confuse et désespérée,
Je sens croître l'amour quand j'ai perdu l'amant.
Le souvenir m'en charme et m'empoisonne,
Sa douceur tyrannise un cœur infortuné
Qu'aux plus cuisants chagrins ma flamme a condamné.
O ciel! quand l'Amour m'abandonne,
Pourquoi me laisse-t-il l'amour qu'il m'a donné?

Source de tous les biens, inépuisable et pure,
Maître des hommes et des dieux,
Cher auteur des maux que j'endure,
Etes-vous pour jamais disparu de mes yeux?
Je vous en ai banni moi-même :
Dans un excès d'amour, dans un bonheur extrême,
D'un indigne soupçon mon cœur s'est alarmé;
Cœur ingrat! tu n'avais qu'un feu mal allumé;
Et l'on ne peut vouloir, du moment que l'on aime,
Que ce que veut l'objet aimé.
Mourons, c'est le parti qui seul me reste à suivre,
Après la perte que je fais.
Pour qui, grands dieux! voudrais-je vivre?
Et pour qui former des souhaits?
Fleuve, de qui les eaux baignent ces tristes sables,
Ensevelis mon crime dans tes flots;
Et, pour finir des maux si déplorables,
Laisse-moi dans ton lit assurer mon repos.

LE DIEU DU FLEUVE

Ton trépas souillerait mes ondes,
Psyché; le ciel te le défend;
Et peut-être qu'après des douleurs si profondes,
Un autre sort t'attend.
Fuis plutôt de Vénus l'implacable colère :
Je la vois qui te cherche et qui te veut punir :
L'amour du fils a fait la haine de la mère.
Fuis, je saurais la retenir.

PSYCHÉ

J'attends ses fureurs vengeresses;
Qu'auront-elles pour moi qui ne me soit trop doux?
Qui cherche le trépas ne craint dieux ni déesses,
Et peut braver tout leur courroux.

SCÈNE V

VÉNUS, PSYCHÉ, LE DIEU DU FLEUVE

VÉNUS

Orgueilleuse Psyché, vous m'osez donc attendre,
Après m'avoir sur terre enlevé mes honneurs;
Après que vos traits suborneurs
Ont reçu les encens qu'aux miens seuls on doit rendre?
J'ai vu mes temples désertés;
J'ai vu tous les mortels, séduits par vos beautés,
Idolâtrer en vous la beauté souveraine,
Vous offrir des respects jusqu'alors inconnus,
Et ne se mettre pas en peine
S'il était une autre Vénus;
Et je vous vois encor l'audace
De n'en pas redouter les justes châtiments,
Et de me regarder en face,
Comme si c'était peu que mes ressentiments!

PSYCHÉ

Si de quelques mortels on m'a vue adorée,
Est-ce un crime pour moi d'avoir eu des appas,
Dont leur âme inconsidérée
Laissait charmer des yeux qui ne vous voyaient pas?
Je suis ce que le ciel m'a faite;
Je n'ai que les beautés qu'il m'a voulu prêter.
Si les vœux qu'on m'offrait vous ont mal satisfaite,
Pour forcer tous les cœurs à vous les reporter,
Vous n'aviez qu'à vous présenter,
Qu'à ne leur cacher plus cette beauté parfaite
Qui, pour les rendre à leur devoir,
Pour se faire adorer, n'a qu'à se faire voir.

VÉNUS

Il fallait vous en mieux défendre.
Ces respects, ces encens se doivent refuser ;
Et, pour les mieux désabuser,
Il fallait, à leurs yeux, vous-même me les rendre.
Vous avez aimé cette erreur,
Pour qui vous ne deviez avoir que de l'horreur.
Vous avez bien fait plus : votre humeur arrogante,
Sur le mépris de mille rois,
Jusques aux cieux a porté de son choix
L'ambition extravagante.

PSYCHÉ

J'aurais porté mon choix, déesse, jusqu'aux cieux?

VÉNUS

Votre insolence est sans seconde.
Dédaigner tous les rois du monde,
N'est-ce pas aspirer aux dieux?

PSYCHÉ

Si l'Amour pour eux tous m'avait endurci l'âme,
Et me réservait toute à lui,
En puis-je être coupable? et faut-il qu'aujourd'hui,
Pour prix d'une si belle flamme,
Vous vouliez m'accabler d'un éternel ennui?

VÉNUS

Psyché, vous deviez mieux connaître
Qui vous étiez, et quel était ce dieu.

PSYCHÉ

Eh! m'en a-t-il donné ni le temps ni le lieu,
Lui qui de tout mon cœur d'abord s'est rendu maître?

VÉNUS

Tout votre cœur s'en est laissé charmer,
Et vous l'avez aimé dès qu'il vous a dit : « J'aime. »

PSYCHÉ

Pouvais-je n'aimer pas le dieu qui fait aimer,
Et qui me parlait pour lui-même?
C'est votre fils : vous savez son pouvoir;
Vous en connaissez le mérite.

VÉNUS

Oui, c'est mon fils, mais un fils qui m'irrite,
Un fils qui me rend mal ce qu'il sait me devoir,
Un fils qui fait qu'on m'abandonne,
Et qui, pour mieux flatter ses indignes amours,
Depuis que vous l'aimez ne blesse plus personne
Qui vienne à mes autels implorer mon secours.
Vous m'en avez fait un rebelle :
On m'en verra vengée, et hautement, sur vous;
Et je vous apprendrai s'il faut qu'une mortelle
Souffre qu'un dieu soupire à ses genoux.
Suivez-moi, vous verrez, par votre expérience,
A quelle folle confiance
Vous portait cette ambition.
Venez, et préparez autant de patience
Qu'on vous voit de présomption.

QUATRIÈME INTERMÈDE

La scène représente les enfers. On y voit une mer toute de de feu, dont les flots sont dans une perpétuelle agitation. Cette mer effroyable est bornée par des ruines enflammées; et au milieu de ses flots agités, au travers d'une gueule affreuse, paraît le palais infernal de Pluton. Huit furies en sortent et forment une entrée de ballet, où elles se réjouissent de la rage qu'elles ont allumée dans l'âme de la plus douce des divinités. Un lutin mêle quantité de sauts périlleux à leurs danses, cependant que Psyché, qui a passé aux enfers par le commandement de Vénus, repasse dans la barque de Caron, avec la boîte qu'elle a reçue de Proserpine pour cette déesse.

ACTE CINQUIÈME

SCÈNE PREMIÈRE

PSYCHÉ, *seule.*

Effroyables replis des ondes infernales,
Noirs palais où Mégère et ses sœurs font leur cour,
Éternels ennemis du jour,
Parmi vos Ixions et parmi vos Tantales,
Parmi tant de tourments qui n'ont point d'intervalles,
Est-il, dans votre affreux séjour,
Quelques peines qui soient égales
Aux travaux où Vénus condamne mon amour?
Elle n'en peut être assouvie;
Et, depuis qu'à ses lois je me trouve asservie,
Depuis qu'elle me livre à ses ressentiments,
Il m'a fallu, dans ces cruels moments,
Plus d'une âme et plus d'une vie
Pour remplir ses commandements.
Je souffrirais tout avec joie,
Si, parmi les rigueurs que sa haine déploie,
Mes yeux pouvaient revoir, ne fût-ce qu'un moment,
Ce cher, cet adorable amant.
Je n'ose le nommer : ma bouche, criminelle
D'avoir trop exigé de lui,
S'en est rendue indigne; et, dans ce dur ennui,
La souffrance la plus mortelle,
Dont m'accable à toute heure un renaissant trépas,
Est celle de ne le voir pas.
Si son courroux durait encore,
Jamais aucun malheur n'approcherait du mien;
Mais, s'il avait pitié d'une âme qui l'adore,

Quoi qu'il fallût souffrir, je ne souffrirais rien.
Oui, Destins, s'il calmait cette juste colère,
Tous mes malheurs seraient finis :
Pour me rendre insensible aux fureurs de la mère,
Il ne faut qu'un regard du fils.
Je n'en veux plus douter, il partage ma peine,
Il voit ce que je souffre, et souffre comme moi.
Tout ce que j'endure le gêne;
Lui-même il s'en impose une amoureuse loi.
En dépit de Vénus, en dépit de mon crime,
C'est lui qui me soutient, c'est lui qui me ranime
Au milieu des périls où l'on me fait courir;
Il garde la tendresse où son feu le convie,
Et prend soin de me rendre une nouvelle vie
Chaque fois qu'il me faut mourir.
Mais que me veulent ces deux ombres
Qu'à travers le faux jour de ces demeures sombres
J'entrevois s'avancer vers moi?

SCÈNE II

PSYCHÉ, CLÉOMÈNE, AGÉNOR

PSYCHÉ

Cléomène, Agénor, est-ce vous que je voi?
Qui vous a ravi la lumière?

CLÉOMÈNE

La plus juste douleur qui d'un beau désespoir
Nous eût pu fournir la matière :
Cette pompe funèbre, où du sort le plus noir
Vous attendiez la rigueur la plus fière,
L'injustice la plus entière.

AGÉNOR

Sur ce même rocher où le ciel en courroux
Vous promettait, au lieu d'époux,

Un serpent dont soudain vous seriez dévorée,
Nous tenions la main préparée
A repousser sa rage ou mourir avec vous.
Vous le savez, princesse; et, lorsqu'à notre vue,
Par le milieu des airs vous êtes disparue,
Du haut de ce rocher, pour suivre vos beautés,
Ou plutôt pour goûter cette amoureuse joie
D'offrir pour vous au monstre une première proie,
D'amour et de douleur l'un et l'autre emportés,
Nous nous sommes précipités.

CLÉOMÈNE

Heureusement déçus au sens de votre oracle,
Nous en avons ici reconnu le miracle,
Et su que le serpent prêt à vous dévorer
Était le dieu qui fait qu'on aime,
Et qui, tout dieu qu'il est, vous adorant lui-même,
Ne pouvait endurer
Qu'un mortel comme nous osât vous adorer.

AGÉNOR

Pour prix de vous avoir suivie,
Nous jouissons ici d'un trépas assez doux.
Qu'avions-nous affaire de vie,
Si nous ne pouvions être à vous?
Nous revoyons ici vos charmes,
Qu'aucun des deux là-haut n'aurait revus jamais :
Heureux si nous voyons la moindre de vos larmes
Honorer des malheurs que vous nous avez faits!

PSYCHÉ

Puis-je avoir des larmes de reste,
Après qu'on a porté les miens au dernier point?
Unissons nos soupirs dans un sort si funeste;
Les soupirs ne s'épuisent point :

Mais vous soupireriez, princes, pour une ingrate.
Vous n'avez point voulu survivre à mes malheurs,
Et, quelque douleur qui m'abatte,
Ce n'est point pour vous que je meurs.

CLÉOMÈNE

L'avons-nous mérité, nous dont toute la flamme
N'a fait que vous lasser du récit de nos maux?

PSYCHÉ

Vous pouviez mériter, princes, toute mon âme,
Si vous n'eussiez été rivaux.
Ces qualités incomparables,
Qui de l'un et de l'autre accompagnaient les vœux,
Vous rendaient tous deux trop aimables
Pour mépriser aucun des deux.

AGÉNOR

Vous avez pu, sans être injuste ni cruelle,
Nous refuser un cœur réservé pour un dieu.
Mais revoyez Vénus. Le Destin nous rappelle,
Et nous force à vous dire adieu.

PSYCHÉ

Ne vous donne-t-il point le loisir de me dire
Quel est ici votre séjour?

CLÉOMÈNE

Dans des bois toujours verts, où d'amour on respire
Aussitôt qu'on est mort d'amour.
D'amour on y revit, d'amour on y soupire,
Sous les plus douces lois de son heureux empire;
Et l'éternelle nuit n'ose en chasser le jour
Que lui-même il attire
Sur nos fantômes qu'il inspire,
Et dont aux enfers même il se fait une cour.

AGÉNOR

Vos envieuses sœurs, après nous descendues,
Pour vous perdre se sont perdues;

Et l'une et l'autre tour à tour,
Pour le prix d'un conseil qui leur coûte la vie,
A côté d'Ixion, à côté de Titye,
Souffrent tantôt la roue, et tantôt le vautour.
L'Amour, par les Zéphyrs, s'est fait prompte justice
De leur envenimée et jalouse malice;
Ces ministres ailés de son juste courroux,
Sous couleur de les rendre encore auprès de vous,
Ont plongé l'une et l'autre au fond d'un précipice,
Où le spectacle affreux de leurs corps déchirés
N'étale que le moindre et le premier supplice
De ces conseils dont l'artifice
Fait les maux dont vous soupirez.

PSYCHÉ

Que je les plains!

CLÉOMÈNE

Vous êtes seule à plaindre.
Mais nous demeurons trop à vous entretenir;
Adieu! Puissions-nous vivre en votre souvenir!
Puissiez-vous, et bientôt, n'avoir plus rien à craindre!
Puisse, et bientôt, l'Amour vous enlever aux cieux,
Vous y mettre à côté des dieux,
Et, rallumant un feu qui ne se puisse éteindre,
Affranchir à jamais l'éclat de vos beaux yeux
D'augmenter le jour en ces lieux!

SCÈNE III

PSYCHÉ, *seule.*

Pauvres amants! Leur amour dure encore!
Tout morts qu'ils sont, l'un et l'autre m'adore,
Moi, dont la dureté reçut si mal leurs vœux!
Tu n'en fais pas ainsi, toi qui seul m'as ravie,

Amant que j'aime encor cent fois plus que ma vie,
Et qui brises de si beaux nœuds!
Ne me fuis plus, et souffre que j'espère
Que tu pourras un jour rabaisser l'œil sur moi,
Qu'à force de souffrir j'aurai de quoi te plaire,
De quoi me rengager ta foi.
Mais ce que j'ai souffert m'a trop défigurée
Pour rappeler un tel espoir.
L'œil abattu, triste, désespérée,
Languissante et décolorée,
De quoi puis-je me prévaloir,
Si, par quelque miracle impossible à prévoir,
Ma beauté, qui t'a plu, ne se voit réparée?
Je porte ici de quoi la réparer :
Ce trésor de beauté divine,
Qu'en mes mains pour Vénus a remis Proserpine,
Enferme des appas dont je puis m'emparer;
Et l'éclat en doit être extrême,
Puisque Vénus, la beauté même,
Les demande pour se parer.
En dérober un peu, serait-ce un si grand crime?
Pour plaire aux yeux d'un dieu qui s'est fait mon amant,
Pour regagner son cœur et finir mon tourment,
Tout n'est-il pas trop légitime?
Ouvrons. Quelles vapeurs m'offusquent le cerveau?
Et que vois-je sortir de cette boîte ouverte?
Amour, si ta pitié ne s'oppose à ma perte,
Pour ne revivre plus je descends au tombeau.

(Elle s'évanouit, et l'Amour descend auprès d'elle en volant.)

SCÈNE IV

L'AMOUR, PSYCHÉ, *évanouie.*

L'AMOUR

Votre péril, Psyché, dissipe ma colère,
Ou plutôt de mes feux l'ardeur n'a point cessé;
Et, bien qu'au dernier point vous m'ayez su déplaire,
Je ne me suis intéressé
Que contre celle de ma mère :
J'ai vu tous vos travaux, j'ai suivi vos malheurs;
Mes soupirs ont partout accompagné vos pleurs.
Tournez les yeux vers moi; je suis encor le même.
Quoi! je dis et redis tout haut que je vous aime,
Et vous ne dites point, Psyché, que vous m'aimez!
Est-ce que pour jamais vos beaux yeux sont fermés,
Qu'à jamais la clarté leur vient d'être ravie?
O Mort! devais-tu prendre un dard si criminel,
Et, sans aucun respect pour mon être éternel,
Attenter à ma propre vie!
Combien de fois, ingrate déité,
Ai-je grossi ton noir empire
Par les mépris et par la cruauté
D'une orgueilleuse ou farouche beauté!
Combien même, s'il faut le dire,
T'ai-je immolé de fidèles amants,
A force de ravissements!
Va, je ne blesserai plus d'âmes,
Je ne percerai plus de cœurs
Qu'avec des dards trempés aux divines liqueurs
Qui nourrissent du ciel les immortelles flammes,
Et n'en lancerai plus que pour faire à tes yeux
Autant d'amants, autant de dieux.

Et vous, impitoyable mère,
Qui la forcez à m'arracher
Tout ce que j'avais de plus cher,
Craignez, à votre tour, l'effet de ma colère.
Vous me voulez faire la loi,
Vous qu'on voit si souvent la recevoir de moi;
Vous, qui portez un cœur sensible comme un autre,
Vous enviez au mien les délices du vôtre!
Mais dans ce même cœur j'enfoncerai des coups
Qui ne seront suivis que de chagrins jaloux;
Je vous accablerai de honteuses surprises,
Et choisirai partout, à vos vœux les plus doux,
Des Adonis et des Anchises
Qui n'auront que haine pour vous.

SCÈNE V

VÉNUS, L'AMOUR, PSYCHÉ, *évanouie.*

VÉNUS

La menace est respectueuse;
Et d'un enfant qui fait le révolté
La colère présomptueuse...

L'AMOUR

Je ne suis plus enfant, et je l'ai trop été;
Et ma colère est juste autant qu'impétueuse.

VÉNUS

L'impétuosité s'en devrait retenir;
Et vous pourriez vous souvenir
Que vous me devez la naissance.

L'AMOUR

Et vous pourriez n'oublier pas
Que vous avez un cœur et des appas
Qui relèvent de ma puissance;

Que mon arc de la vôtre est l'unique soutien;
Que sans mes traits elle n'est rien;
Et que, si les cœurs les plus braves
En triomphe, par vous, se sont laissé traîner,
Vous n'avez jamais fait d'esclaves
Que ceux qu'il m'a plu d'enchaîner!
Ne me vantez donc plus ces droits de la naissance
Qui tyrannisent mes désirs;
Et, si vous ne voulez perdre mille soupirs,
Songez, en me voyant, à la reconnaissance,
Vous qui tenez de ma puissance
Et votre gloire et vos plaisirs.

VÉNUS

Comment l'avez-vous défendue,
Cette gloire dont vous parlez?
Comment me l'avez-vous rendue?
Et, quand vous avez vu mes autels désolés,
Mes temples violés,
Mes honneurs ravalés,
Si vous avez pris part à tant d'ignominie,
Comment en a-t-on vu punie
Psyché, qui me les a volés?
Je vous ai commandé de la rendre charmée
Du plus vil de tous les mortels,
Qui ne daignât répondre à son âme enflammée
Que par des rebuts éternels,
Par les mépris les plus cruels;
Et vous-même l'avez aimée!
Vous avez contre moi séduit des immortels;
C'est pour vous qu'à mes yeux les Zéphyrs l'ont cachée;
Qu'Apollon même, suborné,
Par un oracle adroitement tourné,

Me l'avait si bien arrachée,
Que, si sa curiosité,
Par une aveugle défiance,
Ne l'eût rendue à ma vengeance,
Elle échappait à mon cœur irrité.
Voyez l'état où votre amour l'a mise,
Votre Psyché : son âme va partir;
Voyez; et, si la vôtre en est encore éprise,
Recevez son dernier soupir.
Menacez, bravez-moi, cependant qu'elle expire :
Tant d'insolence vous sied bien;
Et je dois endurer quoi qu'il vous plaise dire,
Moi qui, sans vos traits, ne puis rien.

L'AMOUR

Vous ne pouvez que trop, déesse impitoyable!
Le Destin l'abandonne à tout votre courroux;
Mais soyez moins inexorable
Aux prières, aux pleurs d'un fils à vos genoux.
Ce doit vous être un spectacle assez doux
De voir d'un œil Psyché mourante,
Et de l'autre ce fils, d'une voix suppliante,
Ne vouloir plus tenir son bonheur que de vous.
Rendez-moi ma Psyché, rendez-lui tous ses charmes;
Rendez-la, déesse, à mes larmes;
Rendez à mon amour, rendez à ma douleur,
Le charme de mes yeux et le choix de mon cœur.

VÉNUS

Quelque amour que Psyché vous donne,
De ses malheurs par moi n'attendez pas la fin.
Si le Destin me l'abandonne,
Je l'abandonne à son destin.
Ne m'importunez plus; et, dans cette infortune,
Laissez-la sans Vénus triompher ou périr.

L'AMOUR

Hélas! si je vous importune,
Je ne le ferais pas si je pouvais mourir.

VÉNUS

Cette douleur n'est pas commune,
Qui force un immortel à souhaiter la mort.

L'AMOUR

Voyez, par son excès, si mon amour est fort;
Ne lui ferez-vous grâce aucune?

VÉNUS

Je vous l'avoue, il me touche le cœur,
Votre amour; il désarme, il fléchit ma rigueur :
Votre Psyché reverra la lumière.

L'AMOUR

Que je vous vais partout faire donner d'encens!

VÉNUS

Oui, vous la reverrez dans sa beauté première;
Mais de vos vœux reconnaissants
Je veux la déférence entière;
Je veux qu'un vrai respect laisse à mon amitié
Vous choisir une autre moitié.

L'AMOUR

Et moi, je ne veux plus de grâce :
Je reprends toute mon audace;
Je veux Psyché, je veux sa foi,
Je veux qu'elle revive, et revive pour moi;
Et tiens indifférent que votre haine, lasse,
En faveur d'une autre se passe.
Jupiter, qui paraît, va juger entre nous
De mes emportements et de votre courroux.

(Après quelques éclairs et des roulements de tonnerre, Jupiter paraît en l'air sur son aigle.)

SCÈNE VI

JUPITER, VÉNUS, L'AMOUR, PSYCHÉ, *évanouie.*

L'AMOUR

Vous, à qui seul tout est possible,
Père des dieux, souverain des mortels,
Fléchissez la rigueur d'une mère inflexible,
Qui, sans moi, n'aurait point d'autels.
J'ai pleuré, j'ai prié, je soupire, menace,
Et perds menaces et soupirs.
Elle ne veut pas voir que de mes déplaisirs
Dépend du monde entier l'heureuse ou triste face;
Et que, si Psyché perd le jour,
Si Psyché n'est à moi, je ne suis plus l'Amour.
Oui, je romprai mon arc, je briserai mes flèches.
J'éteindrai jusqu'à mon flambeau,
Je laisserai languir la Nature au tombeau;
Ou, si je daigne aux cœurs faire encor quelques brèches,
Avec ces pointes d'or qui me font obéir,
Je vous blesserai tous là-haut pour des mortelles,
Et ne décocherai sur elles
Que des traits émoussés qui forcent à haïr,
Et qui ne font que des rebelles,
Des ingrates et des cruelles.
Par quelle tyrannique loi
Tiendrai-je à vous servir mes armes toujours prêtes,
Et vous ferai-je à tous conquêtes sur conquêtes,
Si vous me défendez d'en faire une pour moi?

JUPITER, *à Vénus.*

Ma fille, sois-lui moins sévère;
Tu tiens de sa Psyché le destin en tes mains.
La Parque, au moindre mot, va suivre ta colère;

Parle, et laisse-toi vaincre aux tendresses de mère,
Ou redoute un courroux que moi-même je crains.
Veux-tu donner le monde en proie
A la haine, au désordre, à la confusion;
Et d'un dieu d'union,
D'un dieu de douceurs et de joie,
Faire un dieu d'amertume et de division?
Considère ce que nous sommes,
Et si les passions doivent nous dominer.
Plus la vengeance a de quoi plaire aux hommes,
Plus il sied bien aux dieux de pardonner.

VÉNUS

Je pardonne à ce fils rebelle :
Mais voulez-vous qu'il me soit reproché
Qu'une misérable mortelle,
L'objet de mon courroux, l'orgueilleuse Psyché,
Sous ombre qu'elle est un peu belle,
Par un hymen dont je rougis,
Souille mon alliance et le lit de mon fils?

JUPITER

Eh bien! je la fais immortelle,
Afin d'y rendre tout égal.

VÉNUS

Je n'ai plus de mépris ni de haine pour elle,
Et l'admets à l'honneur de ce nœud conjugal.
Psyché, reprenez la lumière,
Pour ne la reperdre jamais.
Jupiter a fait votre paix;
Et je quitte cette humeur fière
Qui s'opposait à vos souhaits.

PSYCHÉ, *sortant de son évanouissement.*

C'est donc vous, ô grande déesse!
Qui redonnez la vie à ce cœur innocent?

VÉNUS

Jupiter vous fait grâce, et ma colère cesse.
Vivez, Vénus l'ordonne; aimez, elle y consent.

PSYCHÉ, *à l'Amour.*

Je vous revois enfin, cher objet de ma flamme!

L'AMOUR, *à Psyché.*

Je vous possède enfin, délices de mon âme!

JUPITER

Venez, amants, venez aux cieux
Achever un si grand et si digne hyménée.
Viens-y, belle Psyché, changer de destinée;
Viens prendre place au rang des dieux.

(*Deux grandes machines descendent aux deux côtés de Jupiter, cependant qu'il dit ces derniers vers. Vénus, avec sa suite, monte dans l'une, l'Amour et Psyché dans l'autre, et tous ensemble remontent au ciel.*)

(*Les Divinités qui avaient été partagées entre Vénus et son fils se réunissent en les voyant d'accord; et toutes ensemble, par des concerts, des chants et des danses, célèbrent la fête des noces de l'Amour. Apollon parait le premier, et, comme dieu de l'harmonie, commence à chanter, pour inviter les autres dieux à se réjouir.*)

RÉCIT D'APOLLON

Unissons-nous, troupe immortelle :
Le dieu d'amour devient heureux amant,
Et Vénus a repris sa douceur naturelle
En faveur d'un fils si charmant;
Il va goûter en paix, après un long tourment,
Une félicité qui doit être éternelle.

TOUTES LES DIVINITÉS *chantent ensemble ce couplet à la gloire de l'Amour.*

Célébrons ce grand jour,
Célébrons tous une fête si belle;
Que nos chants en tous lieux en portent la nouvelle,
Qu'ils fassent retentir le céleste séjour.
Chantons, répétons tour à tour
Qu'il n'est point d'âme si cruelle
Qui tôt ou tard ne se rende à l'Amour.

APOLLON *continue.*

Le Dieu qui nous engage
A lui faire la cour
Défend qu'on soit trop sage.
Les plaisirs ont leur tour :
C'est leur plus doux usage
Que de finir les soins du jour.
La nuit est le partage
Des jeux et de l'amour.

Ce serait grand dommage
Qu'en ce charmant séjour
On eût un cœur sauvage.
Les plaisirs ont leur tour :
C'est leur plus doux usage
Que de finir les soins du jour.
La nuit est le partage
Des jeux et de l'amour.

(Deux Muses, qui ont toujours évité de s'engager sous les lois de l'Amour, conseillent aux belles qui n'ont point encore aimé de s'en défendre avec soin, à leur exemple.)

CHANSON DES MUSES

Gardez-vous, beautés sévères :
Les amours font trop d'affaires;
Craignez toujours de vous laisser charmer.
Quand il faut que l'on soupire,
Tout le mal n'est pas de s'enflammer :
Le martyre
De le dire
Coûte plus cent fois que d'aimer.

SECOND COUPLET DES MUSES

On ne peut aimer sans peines;
Il est peu de douces chaînes;
A tout moment on se sent alarmer.
Quand il faut que l'on soupire,
Tout le mal n'est pas de s'enflammer :
Le martyre
De le dire
Coûte plus cent fois que d'aimer.

(Bacchus fait entendre qu'il n'est pas si dangereux que l'Amour.)

RÉCIT DE BACCHUS

Si quelquefois,
Suivant nos douces lois,
La raison se perd et s'oublie,
Ce que le vin nous cause de folie
Commence et finit en un jour;
Mais, quand un cœur est enivré d'amour,
Souvent c'est pour toute la vie.

ENTRÉE DE BALLET

(Composée de deux Ménades et de deux Égipans qui suivent Bacchus. Mome déclare qu'il n'a point de plus doux emploi que de médire, et que ce n'est qu'à l'Amour seul qu'il n'ose se jouer.)

RÉCIT DE MOME

Je cherche à médire
Sur la terre et dans les cieux;
Je soumets à ma satire
Les plus grands des dieux.
Il n'est dans l'univers que l'Amour qui m'étonne,
Il est le seul que j'épargne aujourd'hui;
Il n'appartient qu'à lui
De n'épargner personne.

ENTRÉE DE BALLET

(*Composée de quatre Polichinelles et de deux Matassins qui suivent Mome, et viennent joindre leur plaisanterie et leur badinage aux divertissements de cette grande fête.*)

(*Bacchus et Mome, qui les conduisent, chantent, au milieu d'eux, chacun une chanson, Bacchus à la louange du vin, et Mome une chanson enjouée sur le sujet et les avantages de la raillerie.*)

RÉCIT DE BACCHUS

Admirons le jus de la treille :
Qu'il est puissant, qu'il a d'attraits!
Il sert aux douceurs de la paix,
Et dans la guerre il fait merveille;
Mais surtout pour les amours
Le vin est d'un grand secours.

RÉCIT DE MOME

Folatrons, divertissons-nous,
Raillons, nous ne saurions mieux faire;
La raillerie est nécessaire
Dans les jeux les plus doux.
Sans la douceur que l'on goûte à médire,

On trouve peu de plaisirs sans ennui;
Rien n'est si plaisant que de rire,
Quand on rit aux dépens d'autrui.

Plaisantons, ne pardonnons rien;
Rions, rien n'est plus à la mode;
On court péril d'être incommode
En disant trop de bien.
Sans la douceur que l'on goûte à médire,
On trouve peu de plaisirs sans ennui;
Rien n'est si plaisant que de rire,
Quand on rit aux dépens d'autrui.

(Mars arrive au milieu du théâtre, suivi de sa troupe guerrière, qu'il excite à profiter de leur loisir, en prenant part aux divertissements.)

RÉCIT DE MARS

Laissons en paix toute la terre;
Cherchons de doux amusements.
Parmi les jeux les plus charmants,
Mêlons l'image de la guerre.

ENTRÉE DE BALLET

(Suivants de Mars, qui font, en dansant avec des drapeaux et des enseignes, une manière d'exercice.)

DERNIÈRE ENTRÉE DE BALLET

(Les troupes différentes de la suite d'Apollon, de Bacchus, de Mome et de Mars, après avoir achevé leurs entrées particulières, s'unissent ensemble, et forment la dernière entrée, qui renferme toutes les autres.)

(Un chœur de toutes les voix et de tous les instruments, qui sont au nombre de quarante, se joint à la danse générale, et termine la fête des noces de l'Amour et de Psyché.)

DERNIER CHŒUR

Chantons les plaisirs charmants
Des heureux amants
Que tout le ciel s'empresse
A leur faire sa cour.
Célébrons ce beau jour
Par mille doux chants d'allégresse;
Célébrons ce beau jour
Par mille doux chants pleins d'amour.

(*Dans le grand salon du palais des Tuileries, où* Psyché *a été représentée devant Leurs Majestés, il y avait des timbales, des trompettes et des tambours mêlés dans ces derniers concerts; et ce dernier couplet se chantait ainsi*) :

Chantons les plaisirs charmants
Des heureux amants.
Répondez-nous, trompettes,
Timbales et tambours;
Accordez-vous toujours
Avec le doux son des musettes;
Accordez-vous toujours
Avec le doux chant des amours.

FIN DE PSYCHÉ

L'IMPROMPTU DE VERSAILLES

COMÉDIE EN UN ACTE

1663

PERSONNAGES

MOLIÈRE, marquis ridicule.
BRÉCOURT, homme de qualité.
DE LA GRANGE, marquis ridicule.
DU CROISY, poëte.
LA THORILLIÈRE, marquis fâcheux.
BÉJART, homme qui fait le nécessaire.
Mlle DU PARC, marquise façonnière.
Mlle BÉJART, prude.
Mlle DE BRIE, sage coquette.
Mlle MOLIÈRE, satirique spirituelle.
Mlle DU CROISY, peste doucereuse.
Mlle HERVÉ, servante précieuse.
QUATRE NÉCESSAIRES.

(*La scène est à Versailles, dans la salle de la Comédie.*)

SCÈNE PREMIÈRE

MOLIÈRE, BRÉCOURT, LA GRANGE, DU CROISY; MESDEMOISELLES DU PARC, BÉJART, DE BRIE, MOLIÈRE, DU CROISY, HERVÉ.

MOLIÈRE, *seul, parlant à ses camarades, qui sont derrière le théâtre.*

Allons donc, messieurs et mesdames; vous moquez-vous avec votre longueur, et ne voulez-vous pas tous venir ici? La peste soit des gens! Holà! ho! monsieur de Brécourt!

BRÉCOURT, *derrière le théâtre.*

Quoi?

MOLIÈRE

Monsieur de la Grange!

LA GRANGE, *derrière le théâtre.*

Qu'est-ce?

MOLIÈRE

Monsieur du Croisy!

DU CROISY, *derrière le théâtre.*

Plaît-il?

MOLIÈRE

Mademoiselle du Parc!

MADEMOISELLE DU PARC, *derrière le théâtre.*

Eh bien?

MOLIÈRE

Mademoiselle Béjart!

MADEMOISELLE BÉJART, *derrière le théâtre.*

Qu'y a-t-il?

MOLIÈRE

Mademoiselle de Brie!

MADEMOISELLE DE BRIE, *derrière le théâtre.*

Que veut-on?

MOLIÈRE

Mademoiselle du Croisy!

MADEMOISELLE DU CROISY, *derrière le théâtre.*

Qu'est-ce que c'est?

MOLIÈRE

Mademoiselle Hervé!

MADEMOISELLE HERVÉ, *derrière le théâtre.*

On y va.

MOLIÈRE

Je crois que je deviendrai fou avec tous ces gens-ci. Hé! (*Brécourt, La Grange, du Croisy, entrent.*) Têtebleu! messieurs, me voulez-vous faire enrager aujourd'hui?

BRÉCOURT

Que voulez-vous qu'on fasse? Nous ne savons pas nos rôles; et c'est nous faire enrager vous-même que de nous obliger à jouer de la sorte.

MOLIÈRE

Ah! les étranges animaux à conduire que des comédiens! (*Mesdemoiselles Béjart, du Parc, de Brie, Molière, du Croisy et Hervé arrivent.*)

MADEMOISELLE BÉJART

Eh bien, nous voilà. Que prétendez-vous faire?

MADEMOISELLE DU PARC

Quelle est votre pensée?

MADEMOISELLE DE BRIE

De quoi est-il question?

MOLIÈRE

De grâce, mettons-nous ici; et, puisque nous voilà tous habillés et que le roi ne doit venir de deux heures, employons ce temps à répéter votre affaire et voir la manière dont il faut jouer les choses.

LA GRANGE

Le moyen de jouer ce qu'on ne sait pas?

MADEMOISELLE DU PARC

Pour moi, je vous déclare que je ne me souviens pas d'un mot de mon personnage.

MADEMOISELLE DE BRIE

Je sais bien qu'il me faudra souffler le mien d'un bout à l'autre.

MADEMOISELLE BÉJART

Et moi, je me prépare fort à tenir mon rôle à la main.

MADEMOISELLE MOLIÈRE

Et moi aussi.

MADEMOISELLE HERVÉ

Pour moi, je n'ai pas grand'chose à dire.

MADEMOISELLE DU CROISY

Ni moi non plus; mais, avec cela, je ne répondrais pas de ne point manquer.

DU CROISY

J'en voudrais être quitte pour dix pistoles.

BRÉCOURT

Et moi, pour vingt bons coups de fouet, je vous assure.

MOLIÈRE

Vous voilà tous bien malades, d'avoir un méchant rôle à jouer! Et que feriez-vous donc si vous étiez en ma place?

MADEMOISELLE BÉJART

Qui, vous? vous n'êtes pas à plaindre; car, ayant fait la pièce, vous n'avez pas peur d'y manquer.

MOLIÈRE

Et n'ai-je à craindre que le manquement de mémoire? Ne comptez-vous pour rien l'inquiétude d'un succès qui ne regarde que moi seul? Et pensez-vous que ce soit une petite affaire que d'exposer quelque chose de comique devant une assemblée comme celle-ci; que d'entreprendre de faire rire des personnes qui nous impriment le respect et ne rient que quand ils veulent? Est-il auteur qui ne doive trembler lorsqu'il en vient à cette épreuve? Et n'est-ce pas à moi de dire que je voudrais en être quitte pour toutes les choses du monde?

MADEMOISELLE BÉJART

Si cela vous faisait trembler, vous prendriez mieux vos précautions, et n'auriez pas entrepris en huit jours ce que vous avez fait.

MOLIÈRE

Le moyen de m'en défendre, lorsqu'un roi me l'a commandé?

MADEMOISELLE BÉJART

Le moyen? Une respectueuse excuse fondée sur l'impossibilité de la chose, dans le peu de temps qu'on vous donne; et tout autre, en votre place, ménagerait mieux sa réputation, et se serait bien gardé de se commettre comme vous faites. Où en serez-vous, je vous prie, si l'affaire réussit mal; et quel avantage pensez-vous qu'en prendront tous vos ennemis?

MADEMOISELLE DE BRIE

En effet, il fallait s'excuser avec respect envers le roi, ou demander du temps davantage.

MOLIÈRE

Mon Dieu! mademoiselle, les rois n'aiment rien tant qu'une prompte obéissance, et ne se plaisent point du tout à trouver des obstacles. Les choses ne sont bonnes que dans le temps qu'ils les souhaitent; et leur en vouloir reculer le divertissement est en ôter pour eux toute la grâce. Ils veulent des plaisirs qui ne se fassent point attendre, et les moins préparés leur sont toujours les plus agréables. Nous ne devons jamais nous regarder dans ce qu'ils désirent de nous; nous ne sommes que pour leur plaire; et, lorsqu'ils nous ordonnent quelque chose, c'est à nous à profiter vite de l'envie où ils sont. Il vaut mieux s'acquitter mal de ce qu'ils nous demandent que de ne s'en acquitter pas assez tôt; et, si l'on a la honte de n'avoir pas bien réussi, on a toujours la gloire d'avoir obéi vite à leurs commandements. Mais songeons à répéter, s'il vous plaît.

MADEMOISELLE BÉJART

Comment prétendez-vous que nous fassions, si nous ne savons pas nos rôles?

MOLIÈRE

Vous les saurez, vous dis-je; et, quand même vous ne les sauriez pas tout à fait, ne pouvez-vous pas y suppléer de votre esprit, puisque c'est de la prose, et que vous savez votre sujet?

MADEMOISELLE BÉJART

Je suis votre servante. La prose est pis encore que les vers.

MADEMOISELLE MOLIÈRE

Voulez-vous que je vous dise? vous deviez

faire une comédie où vous auriez joué tout seul.

MOLIÈRE

Taisez-vous, ma femme, vous êtes une bête.

MADEMOISELLE MOLIÈRE

Grand merci, monsieur mon mari. Voilà ce que c'est! Le mariage change bien les gens, et vous ne m'auriez pas dit cela il y a dix-huit mois.

MOLIÈRE

Taisez-vous, je vous prie.

MADEMOISELLE MOLIÈRE

C'est une chose étrange, qu'une petite cérémonie soit capable de nous ôter toutes nos belles qualités, et qu'un mari et un galant regardent la même personne avec des yeux si différents.

MOLIÈRE

Que de discours!

MADEMOISELLE MOLIÈRE

Ma foi, si je faisais une comédie, je la ferais sur ce sujet. Je justifierais les femmes de bien des choses dont on les accuse; et je ferais craindre aux maris la différence qu'il y a de leurs manières brusques aux civilités des galants.

MOLIÈRE

Ah! laissons cela. Il n'est pas question de causer maintenant; nous avons autre chose à faire.

MADEMOISELLE BÉJART

Mais, puisqu'on vous a commandé de travailler sur le sujet de la critique qu'on a faite contre vous, que n'avez-vous fait cette comédie des comédiens, dont vous nous avez parlé il y a longtemps? C'était une affaire toute trouvée, et qui venait fort bien à la chose, et d'autant mieux qu'ayant entrepris de vous peindre, ils vous ouvraient l'occasion de les peindre aussi, et que cela aurait pu s'appeler leur portrait, à bien plus juste titre que tout ce qu'ils ont fait ne peut être appelé le vôtre. Car, vouloir contrefaire un comédien dans un rôle comique, ce n'est pas le peindre lui-même, c'est peindre d'après lui les personnages qu'il représente, et se servir des mêmes traits et des mêmes couleurs qu'il est obligé d'employer aux différents tableaux des caractères ridicules qu'il imite d'après nature; mais, contrefaire un comédien dans des rôles sérieux, c'est le peindre par des défauts qui sont entièrement de lui, puisque ces sortes de personnages ne veulent ni les gestes ni les tons de voix ridicules dans lesquels on le reconnaît.

MOLIÈRE

Il est vrai; mais j'ai mes raisons pour ne le pas faire, et je n'ai pas cru, entre nous, que la chose en valût la peine; et puis il fallait plus de temps pour exécuter cette idée. Comme leurs jours de comédie sont les mêmes que les nôtres, à peine ai-je été les voir que trois ou quatre fois depuis que nous sommes à Paris; je n'ai attrapé de leur manière de réciter que ce qui m'a d'abord sauté aux yeux, et j'aurais eu besoin de les étudier davantage pour faire des portraits bien ressemblants.

MADEMOISELLE DU PARC

Pour moi, j'en ai reconnu quelques-uns dans votre bouche.

MADEMOISELLE DE BRIE

Je n'ai jamais ouï parler de cela.

MOLIÈRE

C'est une idée qui m'avait passé une fois par la tête, et que j'ai laissée là comme une bagatelle, une badinerie, qui peut-être n'aurait pas fait rire.

MADEMOISELLE DE BRIE

Dites-la-moi un peu, puisque vous l'avez dite aux autres.

MOLIÈRE

Nous n'avons pas le temps maintenant.

MADEMOISELLE DE BRIE

Seulement deux mots.

MOLIÈRE

J'avais songé une comédie où il y aurait eu un poète, que j'aurais représenté moi-même, qui serait venu pour offrir une pièce à une troupe de comédiens nouvellement arrivés de la campagne. « Avez-vous, aurait-il dit, des acteurs et des actrices qui soient capables de bien faire valoir un ouvrage? Car ma pièce est une pièce... — Eh! monsieur, auraient répondu les comédiens, nous avons des hommes et des femmes qui ont été trouvés raisonnables partout où nous avons passé. — Et qui fait les rois parmi vous? — Voilà un acteur qui s'en démêle parfois. — Qui? ce jeune homme bien fait? Vous moquez-vous? Il faut un roi qui soit gros et gras comme quatre; un roi, morbleu!

qui soit entripaillé (1) comme il faut; un roi d'une vaste circonférence, et qui puisse remplir un trône de la belle manière (2). La belle chose qu'un roi d'une taille galante ! Voilà déjà un grand défaut; mais que je l'entende un peu réciter une douzaine de vers. » Là-dessus le comédien aurait récité, par exemple, quelques vers du roi, de *Nicomède* :

Te le dirai-je, Araspe? il m'a trop bien servi,
Augmentant mon pouvoir...

le plus naturellement qu'il lui aurait été possible. Et le poète : « Comment ! vous appelez cela réciter? C'est se railler : il faut dire les choses avec emphase. Ecoutez-moi. (*Il contrefait Montfleury, comédien de l'hôtel de Bourgogne.*)

Te le dirai-je, Araspe?... etc.

Voyez-vous cette posture ? Remarquez bien cela. Là, appuyez comme il faut le dernier vers. Voilà ce qui attire l'approbation, et fait faire le brouhaha. — Mais, monsieur, aurait répondu le comédien, il me semble qu'un roi qui s'entretient tout seul avec son capitaine des gardes parle un peu plus humainement, et ne prend guère ce ton de démoniaque. — Vous ne savez ce que c'est. Allez-vous-en réciter comme vous faites, vous verrez si vous ferez faire aucun *ah !* Voyons un peu une scène d'amant et d'amante. » Là-dessus une comédienne et un

(1) *Entripaillé* paraît être un mot de la création de Molière.

(2) Cette plaisanterie semble être dirigée contre Montfleury père, comédien de l'hôtel de Bourgogne, dont Molière va contrefaire la déclamation emphatique et outrée. Il était d'une corpulence énorme.

comédien auraient fait une scène ensemble, qui est celle de Camille et de Curiace :

Iras-tu, ma chère âme? et ce funeste honneur
Te plaît-il aux dépens de tout notre bonheur?
Hélas! je vois trop bien..., etc.

tout de même que l'autre, et le plus naturellement qu'ils auraient pu. Et le poète aussitôt : « Vous vous moquez, vous ne faites rien qui vaille ; et voici comme il faut réciter cela. (*Il imite mademoiselle de Beauchâteau, comédienne de l'hôtel de Bourgogne.*)

Iras-tu, ma chère âme..., etc.
Non, je te connais mieux ..., etc.

Voyez-vous comme cela est naturel et passionné? Admirez ce visage riant qu'elle conserve dans les plus grandes afflictions. » Enfin, voilà l'idée; et il aurait parcouru de même tous les acteurs et toutes les actrices.

MADEMOISELLE DE BRIE

Je trouve cette idée assez plaisante, et j'en ai reconnu là dès le premier vers. Continuez, je vous prie.

MOLIÈRE, *imitant Beauchâteau, comédien de l'hôtel de Bourgogne, dans les stances du* Cid.

Percé jusques au fond du cœur..., etc.

Et celui-ci, le reconnaîtrez-vous bien dans Pompée, de *Sertorius? (Il contrefait Hauteroche, comédien de l'hôtel de Bourgogne.)*

L'inimitié qui règne entre les deux partis
N'y rend pas de l'honneur..., etc.

MADEMOISELLE DE BRIE

Je le reconnais un peu, je pense.

MOLIÈRE

Et celui-ci? (*Imitant de Villiers, comédien de l'hôtel de Bourgogne.*)

Seigneur, Polybe est mort..., etc.

MADEMOISELLE DE BRIE

Oui, je sais qui c'est; mais il y en a quelques-uns d'entre eux, je crois, que vous auriez peine à contrefaire.

MOLIÈRE

Mon Dieu, il n'y en a point qu'on ne pût attraper par quelque endroit, si je les avais bien étudiés. Mais vous me faites perdre un temps qui nous est cher. Songeons à nous, de grâce, et ne nous amusons point davantage à discourir. (*A La Grange.*) Vous, prenez garde à bien représenter avec moi votre rôle de marquis.

MADEMOISELLE MOLIÈRE

Toujours des marquis!

MOLIÈRE

Oui, toujours des marquis. Que diable voulez-vous qu'on prenne pour un caractère agréable de théâtre? Le marquis aujourd'hui est le plaisant de la comédie; et, comme dans toutes les comédies anciennes on voit toujours un valet bouffon qui fait rire les auditeurs, de même, dans toutes nos pièces de maintenant, il faut toujours un marquis ridicule qui divertisse la compagnie.

MADEMOISELLE DÉJART

Il est vrai, on ne s'en saurait passer.

MOLIÈRE

Pour vous, mademoiselle...

MADEMOISELLE DU PARC

Mon Dieu! pour moi, je m'acquitterai fort mal de mon personnage, et je ne sais pas pourquoi vous m'avez donné ce rôle de façonnière.

MOLIÈRE

Mon Dieu! mademoiselle, voilà comme vous disiez, lorsque l'on vous donna celui de la *Critique de l'École des femmes* (1); cependant vous vous en êtes acquittée à merveille, et tout le monde est demeuré d'accord qu'on ne peut pas mieux faire que vous avez fait. Croyez-moi, celui-ci sera de même; et vous le jouerez mieux que vous ne pensez.

MADEMOISELLE DU PARC

Comment cela se pourrait-il faire? Car il n'y a point de personne au monde qui soit moins façonnière que moi.

MOLIÈRE

Cela est vrai; et c'est en quoi vous faites mieux voir que vous êtes excellente comédienne, de bien représenter un personnage qui est si contraire à votre humeur. Tâchez donc de bien prendre, tous, le caractère de vos rôles, et de vous figurer que vous êtes ce que vous représentez. (*A du Croisy.*) Vous faites le poète, vous, et vous devez vous remplir de ce personnage, marquer cet air pédant qui se conserve parmi le commerce du beau monde, ce ton de voix sentencieux, et cette exactitude de prononciation qui appuie sur toutes les syllabes, et ne laisse échapper aucune lettre de la plus sévère orthographe. (*A Brécourt.*) Pour vous, vous

(1) Mlle du Parc jouait dans cette pièce le rôle de Climène.

faites un honnête homme de cour, comme vous avez déjà fait dans la *Critique de l'Ecole des Femmes*, c'est-à-dire que vous devez prendre un air posé, un ton de voix naturel, et gesticuler le moins qu'il vous sera possible. (*A La Grange.*) Pour vous, je n'ai rien à vous dire. (*A mademoiselle Béjart.*) Vous, vous représentez une de ces femmes qui, pourvu qu'elles ne fassent point l'amour, croient que tout le reste leur est permis; de ces femmes qui se retranchent toujours fièrement sur leur pruderie, regardent un chacun de haut en bas, et veulent que toutes les plus belles qualités que possèdent les autres ne soient rien en comparaison d'un misérable honneur dont personne ne se soucie. Ayez toujours ce caractère devant les yeux, pour en bien faire les grimaces. (*A mademoiselle de Brie.*) Pour vous, vous faites une de ces femmes qui pensent être les plus vertueuses personnes du monde, pourvu qu'elles sauvent les apparences; de ces femmes qui croient que le péché n'est que dans le scandale, qui veulent conduire doucement les affaires qu'elles ont, sur le pied d'attachement honnête, et appellent amis ce que les autres nomment galants. Entrez bien dans ce caractère. (*A mademoiselle Molière.*) Vous, vous faites le même personnage que dans la *Critique*, et je n'ai rien à vous dire, non plus qu'à mademoiselle du Parc. (*A mademoiselle du Croisy.*) Pour vous, vous représentez une de ces personnes qui prêtent doucement des charités à tout le monde (1), de ces femmes qui donnent toujours le petit coup de langue

(1) Prêtent *des torts*. Expression proverbiale qui n'est plus en usage.

en passant, et seraient bien fâchées d'avoir souffert qu'on eût dit du bien du prochain. Je crois que vous ne vous acquitterez pas mal de ce rôle. (*A mademoiselle Hervé.*) Et pour vous, vous êtes la soubrette de la précieuse, qui se mêle de temps en temps dans la conversation, et attrape, comme elle peut, tous les termes de sa maîtresse. Je vous dis tous vos caractères, afin que vous vous les imprimiez fortement dans l'esprit. Commençons maintenant à répéter, et voyons comme cela ira. Ah! voici justement un fâcheux! Il ne nous fallait plus que cela!

SCÈNE II

LA THORILLIÈRE, MOLIÈRE, BRÉCOURT, LA GRANGE, DU CROISY ; MESDEMOISELLES DU PARC, BÉJART, DE BRIE, MOLIÈRE, DU CROISY, HERVE.

LA THORILLIÈRE

Bonjour, monsieur Molière.

MOLIÈRE

Monsieur, votre serviteur. (*A part.*) La peste soit de l'homme !

LA THORILLIÈRE

Comment vous en va?

MOLIÈRE

Fort bien, pour vous servir. (*Aux actrices.*) Mesdemoiselles, ne...

LA THORILLIÈRE

Je viens d'un lieu où j'ai bien dit du bien de vous.

MOLIÈRE

Je vous suis obligé. (*A part.*) Que le diable t'emporte! (*Aux acteurs.*) Ayez un peu soin...

LA THORILLIÈRE

Vous jouez une pièce nouvelle aujourd'hui?

MOLIÈRE

Oui, monsieur. (*Aux actrices.*) N'oubliez pas...

LA THORILLIÈRE

C'est le roi qui vous l'a fait faire?

MOLIÈRE

Oui, monsieur. (*Aux acteurs.*) De grâce, songez...

LA THORILLIÈRE

Comment l'appelez-vous?

MOLIÈRE

Oui, monsieur.

LA THORILLIÈRE

Je vous demande comment vous la nommez.

MOLIÈRE

Ah! ma foi, je ne sais. (*Aux actrices.*) Il faut, s'il vous plaît, que vous...

LA THORILLIÈRE

Comment serez-vous habillés?

MOLIÈRE

Comme vous voyez. (*Aux acteurs.*) Je vous prie...

LA THORILLIÈRE

Quand commencerez-vous?

MOLIÈRE

Quand le roi sera venu. (*A part.*) Au diantre le questionneur!

LA THORILLIÈRE

Quand croyez-vous qu'il vienne?

MOLIÈRE

La peste m'étouffe, monsieur, si je le sais.

LA THORILLIÈRE

Savez-vous point...

MOLIÈRE

Tenez, monsieur, je suis le plus ignorant homme du monde. Je ne sais rien de tout ce que vous pourrez me demander, je vous jure. (*A part.*) J'enrage! Ce bourreau vient avec un air tranquille vous faire des questions, et ne se soucie pas qu'on ait en tête d'autres affaires.

LA THORILLIÈRE

Mesdemoiselles, votre serviteur.

MOLIÈRE

Ah! bon, le voilà d'un autre côté!

LA THORILLIÈRE, *à mademoiselle du Croisy.*

Vous voilà belle comme un petit ange. (*En regardant mademoiselle Hervé.*) Jouez-vous toutes deux aujourd'hui?

MADEMOISELLE DU CROISY

Oui, monsieur.

LA THORILLIÈRE

Sans vous, la comédie ne vaudrait pas grand'chose.

MOLIÈRE, *bas, aux actrices.*

Vous ne voulez pas faire en aller cet homme-là.

MADEMOISELLE DE BRIE, *à La Thorillière.*

Monsieur, nous avons ici quelque chose à répéter ensemble.

LA THORILLIÈRE

Ah! parbleu, je ne veux pas vous empêcher; vous n'avez qu'à poursuivre.

MADEMOISELLE DE BRIE

Mais...

LA THORILLIÈRE

Non, non, je serais fâché d'incommoder personne. Faites librement ce que vous avez à faire.

MADEMOISELLE DE BRIE

Oui; mais...

LA THORILLIÈRE

Je suis homme sans cérémonie, vous dis-je; et vous pouvez répéter ce qui vous plaira.

MOLIÈRE

Monsieur, ces demoiselles ont peine à vous dire qu'elles souhaiteraient fort que personne ne fût ici pendant cette répétition.

LA THORILLIÈRE

Pourquoi? il n'y a point de danger pour moi.

MOLIÈRE

Monsieur, c'est une coutume qu'elles observent; et vous aurez plus de plaisir quand les choses vous surprendront.

LA THORILLIÈRE

Je m'en vais donc dire que vous êtes prêts.

MOLIÈRE

Point du tout, monsieur; ne vous hâtez pas, de grâce.

SCÈNE III

MOLIÈRE, BRÉCOURT, LA GRANGE, DU CROISY; MESDEMOISELLES DU PARC, BEJART, DE BRIE, MOLIÈRE, DU CROISY, HERVÉ.

MOLIÈRE

Ah! que le monde est plein d'impertinents! Or sus, commençons. Figurez-vous donc premièrement que la scène est dans l'antichambre du roi; car c'est un lieu où il se passe tous les jours des choses assez plaisantes. Il est aisé de faire venir là toutes les personnes qu'on veut, et on peut trouver des raisons même pour y autoriser la venue des femmes que j'introduis. La comédie s'ouvre par deux marquis qui se rencontrent. (*A La Grange.*) Souvenez-vous bien, vous, de venir, comme je vous ai dit, là, avec cet air qu'on nomme le bel air, peignant votre perruque, et grondant une petite chanson entre vos dents. La, la, la, la, la, la. Rangez-vous donc, vous autres, car il faut du terrain à deux marquis; et ils ne sont pas gens à tenir leur personne dans un petit espace. (*A La Grange.*) Allons: parlez.

LA GRANGE

« Bonjour, marquis. »

MOLIÈRE

Mon Dieu! ce n'est point là le ton d'un marquis; il faut le prendre un peu plus haut; et la plupart de ces messieurs affectent une manière de parler particulière, pour se distinguer du commun : *Bonjour, marquis*. Recommencez donc.

LA GRANGE

« Bonjour, marquis.

MOLIÈRE

» Ah! marquis, ton serviteur.

LA GRANGE

» Que fais-tu là?

MOLIÈRE

» Parbleu, tu vois; j'attends que tous ces » messieurs aient débouché la porte, pour » présenter là mon visage.

LA GRANGE

» Têtebleu, quelle foule! Je n'ai garde de » m'y aller frotter, et j'aime bien mieux » entrer des derniers.

MOLIÈRE

» Il y a là vingt gens qui sont fort assu- » rés de n'entrer point, et qui ne laissent » pas de se presser et d'occuper toutes les » avenues de la porte.

LA GRANGE

» Crions nos deux noms à l'huissier, afin » qu'il nous appelle.

MOLIÈRE

» Cela est bon pour toi; mais, pour moi, » je ne veux pas être joué par Molière.

LA GRANGE

» Je pense pourtant, marquis, que c'est » toi qu'il joue dans la *Critique*.

MOLIÈRE

» Moi? Je suis ton valet; c'est toi-même » en propre personne.

LA GRANGE

» Ah! ma foi, tu es bon de m'appliquer » ton personnage.

MOLIÈRE

» Parbleu! je te trouve plaisant de me » donner ce qui t'appartient.

LA GRANGE, *riant.*

» Ha, ha, ha! cela est drôle.

MOLIÈRE, *riant.*

» Ha, ha, ha! cela est bouffon.

LA GRANGE

» Quoi! tu veux soutenir que ce n'est pas » toi qu'on joue dans le marquis de la *Cri-* » *tique?*

MOLIÈRE

» Il est vrai, c'est moi. *Détestable, morbleu!* » *détestable! tarte à la crème!* C'est moi, c'est » moi, assurément, c'est moi.

LA GRANGE

» Oui, parbleu! c'est toi, tu n'as que faire » de railler; et, si tu veux, nous gagerons, » et verrons qui a raison des deux.

MOLIÈRE

» Et que veux-tu gager encore?

LA GRANGE

» Je gage cent pistoles que c'est toi.

MOLIÈRE

» Et moi, cent pistoles que c'est toi.

LA GRANGE

» Cent pistoles comptant?

MOLIÈRE

» Comptant. Quatre-vingt-dix pistoles sur » Amyntas, et dix pistoles comptant.

LA GRANGE

» Je le veux.

MOLIÈRE

» Cela est fait.

LA GRANGE

» Ton argent court grand risque.

MOLIÈRE

» Le tien est bien aventuré.

LA GRANGE

» A qui nous en rapporter?

MOLIÈRE, *à Brécourt.*

» Voici un homme qui nous jugera. Che- » valier...

BRÉCOURT

» Quoi? »

MOLIÈRE

Bon! voilà l'autre qui prend le ton de marquis! Vous ai-je pas dit que vous faites un rôle où l'on doit parler naturellement?

BRÉCOURT

Il est vrai.

MOLIÈRE

Allons donc. « Chevalier...

BRÉCOURT

» Quoi?

MOLIÈRE

» Juge-nous un peu sur une gageure que » nous avons faite.

BRÉCOURT

» Et quelle?

MOLIÈRE

» Nous disputons qui est le marquis de » la *Critique* de Molière; il gage que c'est » moi, et moi, je gage que c'est lui.

BRÉCOURT

» Et moi, je juge que ce n'est ni l'un ni » l'autre. Vous êtes fous tous deux de vou- » loir vous appliquer ces sortes de choses; » et voilà de quoi j'ouïs l'autre jour se » plaindre Molière, parlant à des personnes » qui le chargeaient de même chose que » vous. Il disait que rien ne lui donnait du » déplaisir comme d'être accusé de regarder » quelqu'un dans les portraits qu'il fait; » que son dessein est de peindre les mœurs » sans vouloir toucher aux personnes, et » que tous les personnages qu'il représente » sont des personnages en l'air, et des fan- » tômes proprement, qu'il habille à sa fan- » taisie, pour réjouir les spectateurs; qu'il » serait bien fâché d'y avoir jamais marqué » qui que ce soit; et que si quelque chose » était capable de le dégoûter de faire des » comédies, c'était les ressemblances qu'on » voulait toujours trouver, et dont ses enne- » mis tâchaient malicieusement d'appuyer » la pensée, pour lui rendre de mauvais » offices auprès de certaines personnes à » qui il n'a jamais pensé. Et, en effet, je » trouve qu'il a raison : car pourquoi vou- » loir, je vous prie, appliquer tous ses » gestes et toutes ses paroles, et chercher » à lui faire des affaires en disant haute- » ment : « Il joue un tel », lorsque ce sont » des choses qui peuvent convenir à cent » personnes? Comme l'affaire de la comédie

» est de représenter en général tous les » défauts des hommes, et principalement » des hommes de notre siècle, il est impos- » sible à Molière de faire aucun caractère » qui ne rencontre quelqu'un dans le monde; » et, s'il faut qu'on l'accuse d'avoir songé » toutes les personnes où l'on peut trouver » les défauts qu'il peint, il faut sans doute » qu'il ne fasse plus de comédies.

MOLIÈRE

» Ma foi, chevalier, tu veux justifier » Molière et épargner notre ami que voilà.

LA GRANGE

» Point du tout. C'est toi qu'il épargne, » et nous trouverons d'autres juges.

MOLIÈRE

» Soit. Mais dis-moi, chevalier, crois-tu » pas que ton Molière est épuisé mainte- » nant et qu'il ne trouvera plus de matière » pour...

BRÉCOURT

» Plus de matière? Eh! mon pauvre mar- » quis, nous lui en fournirons toujours » assez, et nous ne prenons guère le che- » min de nous rendre sages pour tout ce » qu'il fait et tout ce qu'il dit... »

MOLIÈRE

Attendez; il faut marquer davantage tout cet endroit. Ecoutez-le-moi dire un peu : « Et qu'il ne trouvera plus de matière pour... » — Plus de matière? Eh! mon pauvre mar- » quis, nous lui en fournirons toujours » assez, et nous ne prenons guère le che- » min de nous rendre sages pour tout ce » qu'il fait et tout ce qu'il dit. Crois-tu

» qu'il ait épuisé dans ses comédies tout le » ridicule des hommes? Et, sans sortir de » la cour, n'a-t-il pas encore vingt carac- » tères de gens où il n'a point touché? N'a- » t-il pas, par exemple, ceux qui se font les » plus grandes amitiés du monde et qui, le » dos tourné, font galanterie de se déchirer » l'un l'autre? N'a-t-il pas ces adulateurs à » outrance, ces flatteurs insipides, qui n'as- » saisonnent d'aucun sel les louanges qu'ils » donnent et dont toutes les flatteries ont » une douceur fade qui fait mal au cœur à » ceux qui les écoutent? N'a-t-il pas ces » lâches courtisans de la faveur, ces per- » fides adorateurs de la fortune, qui vous » encensent dans la prospérité et vous acca- » blent dans la disgrâce? N'a-t-il pas ceux » qui sont toujours mécontents de la cour, » ces suivants inutiles, ces incommodes » assidus, ces gens, dis-je, qui pour ser- » vices ne peuvent compter que des impor- » tunités, et qui veulent que l'on les récom- » pense d'avoir obsédé le prince dix ans » durant? N'a-t-il pas ceux qui caressent » également tout le monde, qui promènent » leurs civilités à droite et à gauche, et cou- » rent à tous ceux qu'ils voient, avec les » mêmes embrassades et les mêmes pro- » testations d'amitié? — Monsieur, votre » très humble serviteur. Monsieur, je suis » tout à votre service. Tenez-moi des vôtres, » mon cher. Faites état de moi, monsieur, » comme du plus chaud de vos amis. Mon- » sieur, je suis ravi de vous embrasser. Ah! » monsieur, je ne vous voyais pas! Faites- » moi la grâce de m'employer. Soyez per- » suadé que je suis entièrement à vous. » Vous êtes l'homme du monde que je révère » le plus. Il n'y a personne que j'honore à

» l'égal de vous. Je vous conjure de le » croire. Je vous supplie de n'en point dou- » ter. Serviteur. Très humble valet. — Va, » va, marquis, Molière aura toujours plus » de sujets qu'il n'en voudra; et tout ce qu'il » a touché jusqu'ici n'est rien que bagatelle, » au prix de ce qui reste. » Voilà à peu près comme cela doit être joué.

BRÉCOURT

« C'est assez. »

MOLIÈRE

Poursuivez.

BRÉCOURT

« Voici Climène et Elise. »

MOLIÈRE, *à mesdemoiselles du Parc et Molière.*

Là-dessus vous arrivez toutes deux. (*A mademoiselle du Parc.*) Prenez bien garde, vous, à vous déhancher comme il faut, et à faire bien des façons. Cela vous contraindra un peu; mais qu'y faire? Il faut parfois se faire violence.

MADEMOISELLE MOLIÈRE

« Certes, madame, je vous ai reconnue » de loin, et j'ai bien vu à votre air que ce » ne pouvait être une autre que vous.

MADEMOISELLE DU PARC

« Vous voyez. Je viens attendre ici la » sortie d'un homme avec qui j'ai une affaire » à démêler.

MADEMOISELLE MOLIÈRE

» Et moi de même. »

MOLIÈRE

Mesdames, voilà des coffres qui vous serviront de fauteuils.

MADEMOISELLE DU PARC

« Allons, madame, prenez place, s'il vous » plait.

MADEMOISELLE MOLIÈRE

» Après vous, madame. »

MOLIÈRE

Bon. Après ces petites cérémonies muettes, chacun prendra place et parlera assis, hors les marquis, qui tantôt se lèveront et tantôt s'assoiront, suivant leur inquiétude naturelle. « Parbleu, chevalier, tu devrais faire » prendre médecine à tes canons.

BRÉCOURT

» Comment?

MOLIÈRE

» Ils se portent fort mal.

BRÉCOURT

» Serviteur à la turlupinade !

MADEMOISELLE MOLIÈRE

» Mon Dieu! madame, que je vous trouve » le teint d'une blancheur éblouissante, et » les lèvres d'une couleur de feu surprenant!

MADEMOISELLE DU PARC

» Ah! que dites-vous là, madame? ne me » regardez point, je suis du dernier laid » aujourd'hui.

MADEMOISELLE MOLIÈRE

» Eh! madame, levez un peu votre coiffe.

MADEMOISELLE DU PARC

» Fi! je suis épouvantable, vous dis-je, et » je me fais peur à moi-même.

MADEMOISELLE MOLIÈRE

» Vous êtes si belle !

MADEMOISELLE DU PARC

» Point, point.

MADEMOISELLE MOLIÈRE

» Montrez-vous.

MADEMOISELLE DU PARC

» Ah ! fi donc, je vous prie !

MADEMOISELLE MOLIÈRE

» De grâce !

MADEMOISELLE DU PARC

» Mon Dieu, non.

MADEMOISELLE MOLIÈRE

» Si fait.

MADEMOISELLE DU PARC

» Vous me désespérez.

MADEMOISELLE MOLIÈRE

» Un moment.

MADEMOISELLE DU PARC

» Hai.

MADEMOISELLE MOLIÈRE

» Résolument vous vous montrerez. On » ne peut point se passer de vous voir.

MADEMOISELLE DU PARC

» Mon Dieu ! que vous êtes une étrange » personne ! Vous voulez furieusement ce » que vous voulez.

MADEMOISELLE MOLIÈRE

» Ah! madame, vous n'avez aucun désa-
» vantage à paraître au grand jour, je vous
» jure! Les méchantes gens, qui assuraient
» que vous mettiez quelque chose! Vrai-
» ment, je les démentirai bien maintenant.

MADEMOISELLE DU PARC

» Hélas! je ne sais pas seulement ce qu'on
» appelle mettre quelque chose (1)! Mais
» où vont ces dames?

MADEMOISELLE DE BRIE

» Vous voulez bien, mesdames, que nous
» vous donnions en passant la plus agréable
» nouvelle du monde. Voilà monsieur Lysi-
» das qui vient de nous avertir qu'on a fait
» une pièce contre Molière, que les grands
» comédiens vont jouer.

MOLIÈRE

» Il est vrai, on me l'a voulu lire; et c'est
» un nommé Br... Brou.. Broussaut qui l'a
» faite.

DU CROISY

» Monsieur, elle est affichée sous le nom
» de Boursault. Mais, à vous dire le secret,
» bien des gens ont mis la main à cet ou-
» vrage, et l'on en doit concevoir une assez
» haute attente. Comme tous les auteurs
» et tous les comédiens regardent Molière
» comme leur plus grand ennemi, nous
» nous sommes tous unis pour le desservir.
» Chacun de nous a donné un coup de pin-
» ceau à son portrait; mais nous nous
» sommes bien gardés d'y mettre nos noms;
» il lui aurait été trop glorieux de suc-

(1) C'est-à-dire du fard, ou du rouge et du blanc.

» comber, aux yeux du monde, sous les
» efforts de tout le Parnasse ; et, pour rendre
» sa défaite plus ignominieuse, nous avons
» voulu choisir tout exprès un auteur sans
» réputation.

MADEMOISELLE DU PARC

» Pour moi, je vous avoue que j'en ai
» toutes les joies imaginables.

MOLIÈRE

» Et moi aussi. Par la sambleu ! le railleur
» sera raillé : il aura sur les doigts, ma foi.

MADEMOISELLE DU PARC

» Cela lui apprendra à vouloir satiriser
» tout. Comment ! cet impertinent ne veut
» pas que les femmes aient de l'esprit ! Il
» condamne toutes nos expressions élevées,
» et prétend que nous parlions toujours
» terre à terre !

MADEMOISELLE DE BRIE

» Le langage n'est rien ; mais il censure
» tous nos attachements, quelque innocents
» qu'ils puissent être ; et, de la façon qu'il
» en parle, c'est être criminelle que d'avoir
» du mérite.

MADEMOISELLE DU CROISY

» Cela est insupportable. Il n'y a pas une
» femme qui puisse plus rien faire. Que ne
» laisse-t-il en repos nos maris, sans leur
» ouvrir les yeux, et leur faire prendre
» garde à des choses dont ils ne s'avisent
» pas ?

MADEMOISELLE DÉJART

» Passe pour tout cela ; mais il satirise
» même les femmes de bien, et ce méchant

» plaisant leur donne le titre d'honnêtes
» diablesses (1) !

MADEMOISELLE MOLIÈRE

» C'est un impertinent. Il faut qu'il en ait
» tout le soûl.

DU CROISY

» La représentation de cette comédie, ma-
» dame, aura besoin d'être appuyée ; et les
» comédiens de l'hôtel...

MADEMOISELLE DU PARC

» Mon Dieu, qu'ils n'appréhendent rien !
» Je leur garantis le succès de leur pièce,
» corps pour corps.

MADEMOISELLE MOLIÈRE

» Vous avez raison, madame. Trop de gens
» sont intéressés à la trouver belle. Je vous
» laisse à penser si tous ceux qui se croient
» satirisés par Molière ne prendront pas
» l'occasion de se venger de lui en applau-
» dissant à cette comédie.

BRÉCOURT, *ironiquement.*

» Sans doute ; et, pour moi, je réponds de
» douze marquis, de six précieuses, de vingt
» coquettes, et de trente cocus, qui ne man-
» queront pas d'y battre des mains.

MADEMOISELLE MOLIÈRE

» En effet. Pourquoi aller offenser toutes
» ces personnes-là, et particulièrement les
» cocus, qui sont les meilleures gens du
» monde ?

(1) Allusion au vers de l'*École des Femmes* :

Ces dragons de vertu, ces honnêtes diablesses.

MOLIÈRE

» Par la sambleu! on m'a dit qu'on le va » dauber, lui et toutes ses comédies, de la » belle manière; et que les comédiens et les » auteurs, depuis le cèdre jusqu'à l'hysope, » sont diablement animés contre lui.

MADEMOISELLE MOLIÈRE

» Cela lui sied fort bien! Pourquoi fait-il » de méchantes pièces que tout Paris va » voir, et où il peint si bien les gens, que » chacun s'y connaît? Que ne fait-il des » comédies comme celles de monsieur Lysi- » das? Il n'aurait personne contre lui, et » tous les auteurs en diraient du bien. Il » est vrai que de semblables comédies n'ont » pas ce grand concours de monde; mais, » en revanche, elles sont toujours bien » écrites, personne n'écrit contre elles, et » tous ceux qui les voient meurent d'envie » de les trouver belles.

DU CROISY

» Il est vrai que j'ai l'avantage de ne me » point faire d'ennemis, et que tous mes » ouvrages ont l'approbation des savants.

MADEMOISELLE MOLIÈRE

» Vous faites bien d'être content de vous. » Cela vaut mieux que tous les applaudis- » sements du public, et que tout l'argent » qu'on saurait gagner aux pièces de Mo- » lière. Que vous importe qu'il vienne du » monde à vos comédies, pourvu qu'elles » soient approuvées par messieurs vos con- » frères?

LA GRANGE

» Mais quand jouera-t-on le *Portrait du* » *Peintre?*

DU CROISY

» Je ne sais; mais je me prépare fort à » paraître des premiers sur les rangs, pour » crier : « Voilà qui est beau ! »

MOLIÈRE

» Et moi de même, parbleu !

LA GRANGE

» Et moi aussi, Dieu me sauve !

MADEMOISELLE DU PARC

» Pour moi, j'y payerai de ma personne » comme il faut; et je réponds d'une bra- » voure d'approbation qui mettra en dé- » route tous les jugements ennemis. C'est » bien la moindre chose que nous devions » faire, que d'épauler de nos louanges le » vengeur de nos intérêts !

MADEMOISELLE MOLIÈRE

» C'est fort bien dit.

MADEMOISELLE DE BRIE

» Et ce qu'il nous faut faire toutes.

MADEMOISELLE BÉJART

» Assurément.

MADEMOISELLE DU CROISY

» Sans doute.

MADEMOISELLE HERVÉ

» Point de quartier à ce contrefaiseur de gens.

MOLIÈRE

» Ma foi, chevalier, mon ami, il faudra » que ton Molière se cache.

BRÉCOURT

» Qui? lui? Je te promets, marquis, qu'il » fait dessein d'aller sur le théâtre, rire avec » tous les autres du portrait qu'on a fait » de lui.

MOLIÈRE

» Parbleu! ce sera donc du bout des dents » qu'il rira.

BRÉCOURT

» Va, va, peut-être qu'il y trouvera plus » de sujets de rire que tu ne penses. On m'a » montré la pièce; et, comme tout ce qu'il » y a d'agréable ce sont effectivement les » idées qui ont été prises de Molière, la » joie que cela pourra donner n'aura pas » lieu de lui déplaire, sans doute; car, pour » l'endroit où l'on s'efforce de le noircir, je » suis le plus trompé du monde si cela est » approuvé de personne; et, quant à tous » les gens qu'ils ont tâché d'animer contre » lui, sur ce qu'il fait, dit-on, des portraits » trop ressemblants, outre que cela est de » fort mauvaise grâce, je ne vois rien de » plus ridicule et de plus mal repris; et je » n'avais pas cru jusqu'ici que ce fût un » sujet de blâme, pour un comédien, que de » peindre trop bien les hommes.

LA GRANGE

» Les comédiens m'ont dit qu'ils l'attendaient sur la réponse, et que...

BRÉCOURT

» Sur la réponse? Ma foi, je le trouverais » un grand fou, s'il se mettait en peine de » répondre à leurs invectives. Tout le monde » sait assez de quel motif elles peuvent » partir; et la meilleure réponse qu'il leur » puisse faire, c'est une comédie qui réus-

» sisse comme toutes ses autres. Voilà le vrai
» moyen de se venger d'eux comme il faut;
» et, de l'humeur dont je les connais, je
» suis fort assuré qu'une pièce nouvelle
» qui leur enlèvera le monde les fâchera
» bien plus que toutes les satires qu'on
» pourrait faire de leurs personnes.

MOLIÈRE

» Mais, chevalier... »

MADEMOISELLE BÉJART

Souffrez que j'interrompe pour un peu la répétition. (*A Molière.*) Voulez-vous que je vous die? Si j'avais été en votre place, j'aurais poussé les choses autrement. Tout le monde attend de vous une réponse vigoureuse; et, après la manière dont on m'a dit que vous étiez traité dans cette comédie, vous étiez en droit de tout dire contre les comédiens, et vous deviez n'en épargner aucun.

MOLIÈRE

J'enrage de vous ouïr parler de la sorte; et voilà votre manie, à vous autres femmes. Vous voudriez que je prisse feu d'abord contre eux, et qu'à leur exemple, j'allasse éclater promptement en invectives et en injures. Le bel honneur que j'en pourrais tirer, et le grand dépit que je leur ferais! Ne sont-ils pas préparés de bonne volonté à ces sortes de choses? Et, lorsqu'ils ont délibéré s'ils joueraient le *Portrait du Peintre*, sur la crainte d'une riposte, quelques-uns d'entre eux n'ont-ils pas répondu : « Qu'il nous rende toutes les injures qu'il voudra, pourvu que nous gagnions de l'argent? » N'est-ce pas là la marque d'une âme fort sensible à la honte? et ne me vengerais-je pas bien d'eux en leur donnant ce qu'ils veulent bien recevoir?

MADEMOISELLE DE BRIE

Ils se sont fort plaints, toutefois, de trois ou quatre mots que vous avez dits d'eux dans la *Critique* et dans vos *Précieuses*.

MOLIÈRE

Il est vrai, ces trois ou quatre mots sont fort offensants, et ils ont grande raison de les citer. Allez, allez, ce n'est pas cela. Le plus grand mal que je leur aie fait, c'est que j'ai eu le bonheur de plaire un peu plus qu'ils n'auraient voulu; et tout leur procédé, depuis que nous sommes venus à Paris, a trop marqué ce qui les touche. Mais laissons-les faire tant qu'ils voudront; toutes leurs entreprises ne doivent point m'inquiéter. Ils critiquent mes pièces, tant mieux; et Dieu me garde d'en faire jamais qui leur plaisent! ce serait une mauvaise affaire pour moi.

MADEMOISELLE DE BRIE

Il n'y a pas grand plaisir pourtant à voir déchirer ses ouvrages.

MOLIÈRE

Et qu'est-ce que cela me fait? N'ai-je pas obtenu de ma comédie tout ce que j'en voulais obtenir, puisqu'elle a eu le bonheur d'agréer aux augustes personnes à qui particulièrement je m'efforce de plaire? N'ai-je pas lieu d'être satisfait de sa destinée, et toutes leurs censures ne viennent-elles pas trop tard? Est-ce moi, je vous prie, que cela regarde maintenant? et, lorsqu'on attaque une pièce qui a eu du succès, n'est-ce pas attaquer plutôt le jugement de ceux qui l'ont approuvée que l'art de celui qui l'a faite?

MADEMOISELLE DE BRIE

Ma foi, j'aurais joué ce petit monsieur l'auteur, qui se mêle d'écrire contre des gens qui ne songent pas à lui.

MOLIÈRE

Vous êtes folle. Le beau sujet à divertir la cour, que monsieur Boursault! Je voudrais bien savoir de quelle façon on pourrait l'ajuster pour le rendre plaisant, et si, quand on le bernerait sur un théâtre, il serait assez heureux pour faire rire le monde. Ce lui serait trop d'honneur que d'être joué devant une auguste assemblée; il ne demanderait pas mieux; et il m'attaque de gaieté de cœur, pour se faire connaître, de quelque façon que ce soit. C'est un homme qui n'a rien à perdre, et les comédiens ne me l'ont déchaîné que pour m'engager à une sotte guerre, et me détourner, par cet artifice, des autres ouvrages que j'ai à faire; et cependant vous êtes assez simples pour donner toutes dans ce panneau. Mais enfin j'en ferai ma déclaration publiquement. Je ne prétends faire aucune réponse à toutes leurs critiques et leurs contre-critiques. Qu'ils disent tous les maux du monde de mes pièces, j'en suis d'accord. Qu'ils s'en saisissent après nous; qu'ils les retournent comme un habit pour les mettre sur leur théâtre, et tâchent à profiter de quelque agrément qu'on y trouve, et d'un peu de bonheur que j'ai; j'y consens, ils en ont besoin, et je serai bien aise de contribuer à les faire subsister, pourvu qu'ils se contentent de ce que je puis leur accorder avec bienséance. La courtoisie doit avoir des bornes; et il y a des choses qui ne font rire ni les spectateurs, ni celui dont on parle. Je leur abandonne de bon cœur mes ouvrages, ma figure, mes gestes, mes paroles, mon ton de voix, et ma façon de réciter, pour en faire et dire tout ce qu'il leur plaira, s'ils en peuvent tirer quelque avantage. Je ne m'oppose point à toutes ces choses, et je serai ravi que cela puisse réjouir le monde; mais, en leur abandonnant tout cela, ils me doivent faire la grâce de me laisser le reste, et de ne point toucher à des matières de la nature de celles sur lesquelles on m'a dit qu'ils m'attaquaient dans leurs comédies (1). C'est de quoi je prierai civilement cet honnête monsieur qui se mêle d'écrire pour eux, et voilà toute la réponse qu'ils auront de moi.

MADEMOISELLE BÉJART

Mais enfin...

MOLIÈRE

Mais enfin vous me feriez devenir fou. Ne parlons point de cela davantage; nous nous amusons à faire des discours, au lieu de répéter notre comédie. Où en étions-nous? Je ne m'en souviens plus.

MADEMOISELLE DE BRIE

Vous en étiez à l'endroit...

MOLIÈRE

Mon Dieu! j'entends du bruit; c'est le roi qui arrive assurément, et je vois bien que nous n'aurons pas le temps de passer outre. Voilà ce que c'est de s'amuser. Oh bien, faites donc, pour le reste, du mieux qu'il vous sera possible.

(1) Molière se plaint ici du passage où Boursault cherchait à rendre sa religion suspecte.

MADEMOISELLE BÉJART

Par ma foi, la frayeur me prend, et je ne saurais aller jouer mon rôle, si je ne le répète tout entier.

MOLIÈRE

Comment! vous ne sauriez aller jouer votre rôle?

MADEMOISELLE BÉJART

Non.

MADEMOISELLE DU PARC

Ni moi, le mien.

MADEMOISELLE DE BRIE

Ni moi non plus.

MADEMOISELLE MOLIÈRE

Ni moi.

MADEMOISELLE HERVÉ

Ni moi.

MADEMOISELLE DU CROISY

Ni moi.

MOLIÈRE

Que pensez-vous donc faire? Vous moquez-vous toutes de moi?

SCÈNE IV

BÉJART, MOLIÈRE, LA GRANGE, DU CROISY; MESDEMOISELLES DU PARC, BÉJART, DE BRIE, MOLIÈRE, DU CROISY, HERVÉ.

BÉJART

Messieurs, je viens vous avertir que le roi est venu, et qu'il attend que vous commenciez.

MOLIÈRE

Ah! monsieur, vous me voyez dans la plus grande peine du monde ; je suis désespéré, à l'heure que je vous parle ! Voici des femmes qui s'effrayent, et qui disent qu'il leur faut répéter leurs rôles avant que d'aller commencer. Nous demandons, de grâce, encore un moment. Le roi a de la bonté, et il sait bien que la chose a été précipitée.

SCÈNE V

MOLIÈRE, LA GRANGE, DU CROISY; MESDEMOISELLES DU PARC, BÉJART, DE BRIE, MOLIÈRE, DU CROISY, HERVÉ.

MOLIÈRE

Eh! de grâce, tâchez de vous remettre, prenez courage, je vous prie.

MADEMOISELLE DU PARC

Vous devez vous aller excuser.

MOLIÈRE

Comment m'excuser?

SCÈNE VI

MOLIÈRE, LA GRANGE, DU CROISY; MESDEMOISELLES DU PARC, BÉJART, DE BRIE, MOLIÈRE, DU CROISY, HERVÉ; UN NÉCESSAIRE (1).

UN NÉCESSAIRE

Messieurs, commencez donc.

(1) On dit d'un homme qui fait l'empressé dans une maison, qu'il *fait le nécessaire*. C'est dans ce sens qu'on appelle ici, substantivement, *des nécessaires*, ces gens qui viennent dire de commencer, sans en avoir reçu la mission de personne.

MOLIÈRE

Tout à l'heure, monsieur. Je crois que je perdrai l'esprit de cette affaire-ci, et...

SCÈNE VII

MOLIÈRE, LA GRANGE, DU CROISY; MESDEMOISELLES DU PARC, BEJART, DE BRIE, MOLIÈRE, DU CROISY, HERVÉ; UN NÉCESSAIRE, UN SECOND NÉCESSAIRE.

LE SECOND NÉCESSAIRE

Messieurs, commencez donc.

MOLIÈRE

Dans un moment, monsieur. (*A ses camarades.*) Eh quoi donc! voulez-vous que j'aie l'affront...

SCÈNE VIII

MOLIÈRE, LA GRANGE, DU CROISY; MESDEMOISELLES DU PARC, BEJART, DE BRIE, MOLIÈRE, DU CROISY, HERVÉ; UN NÉCESSAIRE, UN SECOND NÉCESSAIRE, UN TROISIÈME NÉCESSAIRE.

LE TROISIÈME NÉCESSAIRE

Messieurs, commencez donc.

MOLIÈRE

Oui, monsieur, nous y allons. Eh! que de gens se font de fête, et viennent dire : « Commencez donc, » à qui le roi ne l'a pas commandé!

SCÈNE IX

MOLIÈRE, LA GRANGE, DU CROISY; MESDEMOISELLES DU PARC, BÉJART, DE BRIE, MOLIÈRE, DU CROISY, HERVÉ; UN NÉCESSAIRE, UN SECOND NÉCESSAIRE, UN TROISIÈME NÉCESSAIRE, UN QUATRIÈME NÉCESSAIRE.

LE QUATRIÈME NÉCESSAIRE

Messieurs, commencez donc.

MOLIÈRE

Voilà qui est fait, monsieur. (*A ses camarades.*) Quoi donc! recevrai-je la confusion...

SCÈNE X

BÉJART, MOLIÈRE, LA GRANGE, DU CROISY; MESDEMOISELLES DU PARC, BÉJART, DE BRIE, MOLIÈRE, DU CROISY, HERVÉ.

MOLIÈRE

Monsieur, vous venez pour nous dire de commencer; mais....

BÉJART

Non, messieurs, je viens pour vous dire qu'on a dit au roi l'embarras où vous vous trouviez, et que, par une bonté toute particulière, il remet votre nouvelle comédie à une autre fois, et se contente, pour aujourd'hui, de la première que vous pourrez donner.

MOLIÈRE

Ah! monsieur, vous me redonnez la vie! Le roi nous fait la plus grande grâce du monde de nous donner du temps pour ce qu'il avait souhaité; et nous allons tous le remercier des extrêmes bontés qu'il nous fait paraître.

FIN DE L'IMPROMPTU DE VERSAILLES.

LE MÉDECIN VOLANT

COMÉDIE EN UN ACTE

PERSONNAGES

GORGIBUS, père de Lucile.
LUCILE, fille de Gorgibus.
VALÈRE, amant de Lucile.
SABINE, cousine de Lucile.
SGANARELLE, valet de Valère.
GROS-RENÉ, valet de Gorgibus.
UN AVOCAT.

SCÈNE PREMIÈRE

VALÈRE, SABINE

VALÈRE

Eh bien, Sabine, quel conseil me donnes-tu?

SABINE

Vraiment, il y a bien des nouvelles. Mon oncle veut résolument que ma cousine épouse Villebrequin, et les affaires sont tellement avancées, que je crois qu'ils eussent été mariés dès aujourd'hui, si vous n'étiez aimé; mais, comme ma cousine m'a confié le secret de l'amour qu'elle vous porte, et que nous nous sommes vues à l'extrémité par l'avarice de mon vilain oncle, nous nous sommes avisées d'une bonne invention pour différer le mariage.

C'est que ma cousine, dès l'heure que je vous parle, contrefait la malade; et le bon vieillard, qui est assez crédule, m'envoie querir un médecin. Si vous en pouviez envoyer quelqu'un qui fût de vos bons amis, et qui fût de notre intelligence, il conseillerait à la malade de prendre l'air à la campagne. Le bonhomme ne manquera pas de faire loger ma cousine à ce pavillon qui est au bout de notre jardin, et, par ce moyen, vous pourriez l'entretenir à l'insu de notre vieillard, l'épouser, et le laisser pester tout son soûl avec Villebrequin.

VALÈRE

Mais le moyen de trouver sitôt un médecin à ma poste, et qui voulût tant hasarder pour mon service! Je te le dis franchement, je n'en connais pas un.

SABINE

Je songe à une chose: si vous faisiez habiller votre valet en médecin; il n'y a rien de si facile à duper que le bonhomme.

VALÈRE

C'est un lourdaud qui gâtera tout; mais il faut s'en servir, faute d'autre. Adieu, je le vais chercher. Où diable trouver ce maroufle à présent? mais le voici tout à propos.

SCÈNE II

VALÈRE, SGANARELLE

VALÈRE

Ah! mon pauvre Sganarelle, que j'ai de joie de te voir! J'ai besoin de toi dans une affaire de conséquence; mais, comme je ne sais pas ce que tu sais faire...

SGANARELLE

Ce que je sais faire, monsieur? employez-moi seulement en vos affaires de conséquence, ou pour quelque chose d'importance: par exemple, envoyez-moi voir quelle heure il est à une horloge, voir combien le beurre vaut au marché, abreuver un cheval, c'est alors que vous connaîtrez ce que je sais faire.

VALÈRE

Ce n'est pas cela; c'est qu'il faut que tu contrefasses le médecin.

SGANARELLE

Moi, médecin, monsieur! Je suis prêt à faire tout ce qu'il vous plaira; mais, pour faire le médecin, je suis assez votre serviteur pour n'en rien faire du tout; et par quel bout m'y prendre, bon Dieu? Ma foi, monsieur, vous vous moquez de moi.

VALÈRE

Si tu veux entreprendre cela, je te donnerai dix pistoles.

SGANARELLE

Ah! pour dix pistoles, je ne dis pas que je ne sois médecin; car, voyez-vous bien, monsieur, je n'ai pas l'esprit tant, tant subtil, pour vous dire la vérité. Mais, quand je serai médecin, où irai-je?

VALÈRE

Chez le bonhomme Gorgibus, voir sa fille qui est malade; mais tu es un lourdaud qui, au lieu de bien faire, pourrais bien...

SGANARELLE

Eh, mon Dieu, monsieur, ne soyez point en peine; je vous réponds que je ferai aussi bien mourir une personne qu'aucun médecin qui soit dans la ville. On dit un proverbe, d'ordinaire : Après la mort, le médecin ; mais vous verrez que, si je m'en mêle, on dira : Après le médecin, gare la mort! Mais, néanmoins, quand je songe, cela est bien difficile de faire le médecin ; et si je ne fais rien qui vaille?

VALÈRE

Il n'y a rien de si facile en cette rencontre : Gorgibus est un homme simple, grossier, qui se laissera étourdir de ton discours, pourvu que tu parles d'Hippocrate et de Galien, et que tu sois un peu effronté.

SGANARELLE

C'est-à-dire qu'il lui faudra parler philosophie, mathématique. Laissez-moi faire ; s'il est un homme facile, comme vous le dites, je vous réponds de tout ; venez seulement me faire avoir un habit de médecin et m'instruire de ce qu'il me faut faire, et me donner mes licences, qui sont les dix pistoles promises. (*Valère et Sganarelle s'en vont.*)

SCÈNE III

GORGIBUS, GROS-RENÉ

GORGIBUS

Allez vitement chercher un médecin, car ma fille est bien malade, et dépêchez-vous.

GROS-RENÉ

Que diable aussi! pourquoi vouloir donner votre fille à un vieillard? Croyez-vous que ce ne soit pas le désir qu'elle a d'avoir un jeune homme qui la travaille? Voyez-vous la connexité qu'il y a, etc... (*Galimatias.*)

GORGIBUS

Va-t'en vite ; je vois bien que cette maladie-là reculera bien les noces.

GROS-RENÉ

Et c'est ce qui me fait enrager ! je croyais refaire mon ventre d'une bonne carrelure, et m'en voilà sevré. Je m'en vais chercher un médecin pour moi, aussi bien que pour votre fille ; je suis désespéré. (*Il sort.*)

SCÈNE IV

SABINE, GORGIBUS, SGANARELLE

SABINE

Je vous trouve à propos, mon oncle, pour vous apprendre une bonne nouvelle. Je vous amène le plus habile médecin du monde, un homme qui vient des pays étrangers, qui sait les plus beaux secrets, et qui sans doute guérira ma cousine. On me l'a indiqué par bonheur, et je vous l'amène. Il est si savant, que je voudrais de bon cœur être malade, afin qu'il me guérît.

GORGIBUS

Où est-il donc ?

SABINE

Le voilà qui me suit ; tenez, le voilà.

GORGIBUS

Très humble serviteur à monsieur le médecin. Je vous envoie querir pour voir ma fille, qui est malade ; je mets toute mon espérance en vous.

SGANARELLE

Hippocrate dit, et Galien, par vives raisons, persuade qu'une personne ne se porte pas bien quand elle est malade. Vous avez raison de mettre votre espérance en moi; car je suis le plus grand, le plus habile, le plus docte médecin qui soit dans la Faculté végétale, sensitive et minérale.

GORGIBUS

J'en suis fort ravi.

SGANARELLE

Ne vous imaginez pas que je suis un médecin ordinaire, un médecin du commun. Tous les autres médecins ne sont, à mon égard, que des avortons de médecins. J'ai des talents particuliers, j'ai des secrets. Salamalec, salamalec. Rodrigue, as-tu du cœur? *signor, si, signor, no. Per omnia sæcula sæculorum*. Mais encore voyons un peu.

SABINE

Eh! ce n'est pas lui qui est malade, c'est sa fille.

SGANARELLE

Il n'importe; le sang du père et de la fille ne sont qu'une même chose; et, par l'altération de celui du père, je puis connaître la maladie de la fille. Monsieur Gorgibus, y aurait-il moyen de voir de l'urine de l'égrotante?

GORGIBUS

Oui-da; Sabine, vite allez querir de l'urine de ma fille. (*Sabine sort.*) Monsieur le médecin, j'ai grand'peur qu'elle ne meure.

SGANARELLE

Ah! qu'elle s'en garde bien! il ne faut pas qu'elle s'amuse à se laisser mourir sans l'ordonnance de la médecine. (*Sabine rentre.*) Voilà de l'urine qui marque grande chaleur, grande inflammation dans les intestins; elle n'est pas tant mauvaise, pourtant.

GORGIBUS

Eh quoi! monsieur, vous l'avalez?

SGANARELLE

Ne vous étonnez pas de cela: les médecins, d'ordinaire, se contentent de la regarder; mais moi, qui suis un médecin hors du commun, je l'avale, parce qu'avec le goût je discerne bien mieux la cause et les suites de la maladie; mais, à vous dire la vérité, il y en avait trop peu pour avoir un bon jugement: qu'on la fasse encore pisser.

SABINE *sort et revient.*

J'ai bien eu de la peine à la faire pisser.

SGANARELLE

Que cela! voilà bien de quoi! Faites-la pisser copieusement, copieusement. Si tous les malades pissent de la sorte, je veux être médecin toute ma vie.

SABINE *sort et revient.*

Voilà tout ce qu'on peut avoir; elle ne peut pas pisser davantage.

SGANARELLE

Quoi! monsieur Gorgibus, votre fille ne pisse que des gouttes? voilà une pauvre pisseuse que votre fille; je vois bien qu'il faudra que je lui ordonne une potion pissatrice. N'y aurait-il pas moyen de voir la malade?

SABINE

Elle est levée; si vous voulez, je la ferai venir.

SCÈNE V

SABINE, GORGIBUS, SGANARELLE, LUCILE

SGANARELLE

Eh bien, mademoiselle, vous êtes malade?

LUCILE

Oui, monsieur.

SGANARELLE

Tant pis! c'est une marque que vous ne vous portez pas bien. Sentez-vous de grandes douleurs à la tête, aux reins?

LUCILE

Oui, monsieur.

SGANARELLE

C'est fort bien fait. Oui, ce grand médecin, au chapitre qu'il a fait de la nature des animaux, dit... cent belles choses; et, comme les humeurs qui ont de la connexité ont beaucoup de rapport; car, par exemple, comme la mélancolie est ennemie de la joie, et que la bile qui se répand par le corps nous fait devenir jaunes, et qu'il n'est rien plus contraire à la santé que la maladie, nous pouvons dire, avec ce grand homme, que votre fille est fort malade. Il faut que je vous fasse une ordonnance.

GORGIBUS

Vite une table, du papier, de l'encre!

SGANARELLE

Y a-t-il quelqu'un qui sache écrire?

GORGIBUS

Est-ce que vous ne le savez point?

SGANARELLE

Ah! je ne m'en souvenais pas; j'ai tant d'affaires dans la tête, que j'oublie la moitié... Je crois qu'il serait nécessaire que votre fille prît un peu l'air, qu'elle se divertît à la campagne.

GORGIBUS

Nous avons un fort beau jardin et quelques chambres qui y répondent; si vous le trouvez à propos, je l'y ferai loger.

SGANARELLE

Allons visiter les lieux. (*Ils sortent tous.*)

SCÈNE VI

L'AVOCAT, *seul.*

J'ai ouï dire que la fille de monsieur Gorgibus était malade; il faut que je m'informe de sa santé, et que je lui offre mes services comme ami de toute sa famille. Holà! holà! monsieur Gorgibus y est-il?

SCÈNE VII

GORGIBUS, L'AVOCAT

L'AVOCAT

Ayant appris la maladie de mademoiselle votre fille, je vous suis venu témoigner la part que j'y prends, et vous faire offre de tout ce qui dépend de moi.

GORGIBUS

J'étais là dedans avec le plus savant homme!

L'AVOCAT

N'y aurait-il pas moyen de l'entretenir un moment?

SCÈNE VIII

GORGIBUS, L'AVOCAT, SGANARELLE

GORGIBUS

Monsieur, voilà un fort habile homme de mes amis, qui souhaiterait de vous parler et vous entretenir.

SGANARELLE

Je n'ai pas le loisir, monsieur Gorgibus; il faut aller à mes malades. Je ne prendrai pas la droite avec vous, monsieur.

L'AVOCAT

Monsieur, après ce que m'a dit monsieur Gorgibus de votre mérite et de votre savoir, j'ai eu la plus grande passion du monde d'avoir l'honneur de votre connaissance, et j'ai pris la liberté de vous saluer à ce dessein; je crois que vous ne le trouverez pas mauvais. Il faut avouer que ceux qui excellent en quelque science sont dignes de grande louange, et particulièrement ceux qui font profession de la médecine, tant à cause de son utilité que parce qu'elle contient en elle plusieurs autres sciences; ce qui rend sa parfaite connaissance fort difficile : et c'est fort à propos qu'Hippocrate dit dans son premier aphorisme : *Vita brevis, ars vero longa, occasio autem præceps, experimentum, judicium periculosum, difficile.*

SGANARELLE, *à Gorgibus.*

Ficile tantinapota baril cambustibus.

L'AVOCAT

Vous n'êtes pas de ces médecins qui ne s'appliquent qu'à la médecine qu'on appelle rationale ou dogmatique, et je crois que vous l'exercez tous les jours avec beaucoup de succès, *experientia magistra rerum*. Les premiers hommes qui firent profession de la médecine furent tellement estimés d'avoir cette belle science, qu'on les mit au nombre des dieux pour les belles cures qu'ils faisaient tous les jours. Ce n'est pas qu'on doive mépriser un médecin qui n'aurait pas rendu la santé à son malade, puisqu'elle ne dépend pas absolument de ses remèdes, ni de son savoir ; *interdum docta plus valet arte malum*. Monsieur, j'ai peur de vous être importun : je prends congé de vous, dans l'espérance que j'ai qu'à la première vue j'aurai l'honneur de converser avec vous avec plus de loisir. Vos heures vous sont précieuses, etc. *(L'avocat sort.)*

GORGIBUS

Que vous semble de cet homme-là?

SGANARELLE

Il sait quelque petite chose. S'il fût demeuré tant soit peu davantage, je l'allais mettre sur une matière sublime et relevée. Cependant je prends congé de vous. *(Gorgibus lui donne de l'argent.)* Eh, que voulez-vous faire?

GORGIBUS

Je sais bien ce que je vous dois.

SGANARELLE

Vous moquez-vous, monsieur Gorgibus? Je n'en prendrai pas, je ne suis pas un homme mercenaire. *(Il prend l'argent.)* Votre très humble serviteur. (*Sganarelle sort, et Gorgibus rentre dans sa maison.*)

SCÈNE IX

VALÈRE, *seul.*

Je ne sais ce qu'aura fait Sganarelle : je n'ai point eu de ses nouvelles et je suis fort en peine où je le pourrais rencontrer. (*Sganarelle revient en habit de valet.*) Mais bon, le voici. Eh bien, Sganarelle, qu'as-tu fait depuis que je ne t'ai pas vu?

SCÈNE X

VALÈRE, SGANARELLE

SGANARELLE

Merveille sur merveille; j'ai si bien fait, que Gorgibus me prend pour un habile médecin. Je me suis introduit chez lui; je lui ai conseillé de faire prendre l'air à sa fille, laquelle est à présent dans un appartement qui est au bout du jardin, tellement qu'elle est fort éloignée du vieillard et que vous pourrez l'aller voir commodément.

VALÈRE

Ah! que tu me donnes de joie! Sans perdre de temps, je la vais trouver de ce pas. (*Il sort.*)

SGANARELLE

Il faut avouer que le bonhomme de Gorgibus est un vrai lourdaud, de se laisser tromper de la sorte. (*Apercevant Gorgibus.*) Ah! ma foi, tout est perdu; c'est à ce coup que voilà la médecine renversée; mais il faut que je le trompe.

SCÈNE XI

SGANARELLE, GORGIBUS

GORGIBUS

Bonjour, monsieur.

SGANARELLE

Monsieur, votre serviteur; vous voyez un pauvre garçon au désespoir : ne connaissez-vous pas un médecin qui est arrivé depuis peu en cette ville, qui fait des cures admirables?

GORGIBUS

Oui, je le connais; il vient de sortir de chez moi.

SGANARELLE

Je suis son frère, monsieur: nous sommes jumeaux; et, comme nous nous ressemblons fort, on nous prend quelquefois l'un pour l'autre.

GORGIBUS

Je me donne au diable si je n'y ai été trompé. Et comment vous nommez-vous?

SGANARELLE

Narcisse, monsieur, pour vous rendre service. Il faut que vous sachiez qu'étant dans son cabinet, j'ai répandu deux fioles d'essence qui étaient sur le bord de sa table; aussitôt il s'est mis dans une colère si étrange contre moi, qu'il m'a mis hors du logis; il ne me veut plus jamais voir, tellement que je suis un pauvre garçon à présent sans appui, sans support, sans aucune connaissance.

GORGIBUS

Allez, je ferai votre paix ; je suis de ses amis, et je vous promets de vous remettre avec lui ; je lui parlerai d'abord que je le verrai.

SGANARELLE

Je vous serai bien obligé, monsieur Gorgibus. (*Sganarelle sort et rentre aussitôt avec sa robe de médecin.*)

SCÈNE XII

SGANARELLE, GORGIBUS

SGANARELLE

Il faut avouer que, quand ces malades ne veulent pas suivre l'avis du médecin, et qu'ils s'abandonnent à la débauche...

GORGIBUS

Monsieur le médecin, très humble serviteur. Je vous demande une grâce.

SGANARELLE

Qu'y a-t-il, monsieur? est-il question de vous rendre service?

GORGIBUS

Monsieur, je viens de rencontrer monsieur votre frère, qui est tout à fait fâché de...

SGANARELLE

C'est un coquin, monsieur Gorgibus.

GORGIBUS

Je vous réponds qu'il est tellement contrit de vous avoir mis en colère...

SGANARELLE

C'est un ivrogne, monsieur Gorgibus.

GORGIBUS

Eh, monsieur, voulez-vous désespérer ce pauvre garçon?

SGANARELLE

Qu'on ne m'en parle plus; mais voyez l'impudence de ce coquin-là, de vous aller trouver pour faire son accord! Je vous prie de ne m'en pas parler.

GORGIBUS

Au nom de Dieu, monsieur le médecin, faites cela pour l'amour de moi. Si je suis capable de vous obliger en autre chose, je le ferai de bon cœur. Je m'y suis engagé, et...

SGANARELLE

Vous m'en priez avec tant d'instance... Quoique j'eusse fait serment de ne lui pardonner jamais, allez, touchez là, je lui pardonne. Je vous assure que je me fais grande violence, et qu'il faut que j'aie bien de la complaisance pour vous. Adieu, monsieur Gorgibus. (*Gorgibus rentre dans sa maison, et Sganarelle s'en va.*)

SCÈNE XIII

VALÈRE, SGANARELLE

VALÈRE

Il faut que j'avoue que je n'eusse jamais cru que Sganarelle se fût si bien acquitté de son devoir. (*Sganarelle rentre avec ses habits de valet.*) Ah! mon pauvre garçon, que je t'ai d'obligation! que j'ai de joie! et que...

SGANARELLE

Ma foi, vous parlez fort à votre aise. Gorgibus m'a rencontré; et, sans une intervention que j'ai trouvée, toute la mèche était découverte. (*Apercevant Gorgibus.*) Mais fuyez-vous-en, le voici. (*Valère sort.*)

SCÈNE XIV

GORGIBUS, SGANARELLE

GORGIBUS

Je vous cherchais partout pour vous dire que j'ai parlé à votre frère; il m'a assuré qu'il vous pardonnait; mais, pour en être plus assuré, je veux qu'il vous embrasse en ma présence; entrez dans mon logis, et je l'irai chercher.

SGANARELLE

Eh! monsieur Gorgibus, je ne crois pas que vous le trouviez à présent; et puis je ne resterai pas chez vous : je crains trop de sa colère.

GORGIBUS

Ah! vous y demeurerez, car je vous enfermerai. Je m'en vais à présent chercher votre frère; ne craignez rien, je vous réponds qu'il n'est plus fâché. (*Gorgibus sort.*)

SGANARELLE, *de la fenêtre.*

Ma foi, me voilà attrapé ce coup-là; il n'y a plus moyen de m'en échapper. Le nuage est fort épais, et j'ai bien peur que, s'il vient à crever, il ne grêle sur mon dos force coups de bâton, ou que, par quelque ordonnance plus forte que toutes celles des médecins, on ne m'applique tout au moins un cautère royal sur les épaules. Mes affaires vont mal : mais pourquoi se désespérer? puisque j'ai tant fait, poussons la fourbe jusqu'au bout. Oui, oui, il en faut encore sortir, et faire voir que Sganarelle est le roi des fourbes. *(Sganarelle saute par la fenêtre et s'en va.)*

SCÈNE XV

GROS-RENÉ, GORGIBUS, SGANARELLE

GROS-RENÉ

Ah! ma foi, voilà qui est drôle! comme diable on saute ici par les fenêtres! Il faut que je demeure ici et que je voie à quoi tout cela aboutira.

GORGIBUS

Je ne saurais trouver ce médecin; je ne sais où diable il s'est caché. *(Apercevant Sganarelle qui revient en habit de médecin.)* Mais le voici. Monsieur, ce n'est pas assez d'avoir pardonné à votre frère; je vous prie, pour ma satisfaction, de l'embrasser : il est chez moi, et je vous cherchais partout pour vous prier de faire cet accord en ma présence.

SGANARELLE

Vous vous moquez, monsieur Gorgibus; n'est-ce pas assez que je lui pardonne? je ne le veux jamais voir.

GORGIBUS

Mais, monsieur, pour l'amour de moi.

SGANARELLE

Je ne vous saurais rien refuser : dites-lui qu'il descende. *(Pendant que Gorgibus entre dans la maison par la porte, Sganarelle y rentre par la fenêtre.)*

GORGIBUS, *à la fenêtre.*

Voilà votre frère qui vous attend là-bas : il m'a promis qu'il fera tout ce que vous voudrez.

SGANARELLE, *à la fenêtre.*

Monsieur Gorgibus, je vous prie de le faire venir ici, je vous conjure que ce soit en particulier que je lui demande pardon, parce que sans doute il me ferait cent hontes, cent opprobres devant tout le monde. (*Gorgibus sort de sa maison par la porte, et Sganarelle par la fenêtre.*)

GORGIBUS

Oui-da, je m'en vais lui dire... Monsieur, il dit qu'il est honteux, et qu'il vous prie d'entrer, afin qu'il vous demande pardon en particulier. Voilà la clef, vous pouvez entrer ; je vous supplie de ne me pas refuser, et de me donner ce contentement.

SGANARELLE

Il n'y a rien que je ne fasse pour votre satisfaction : vous allez entendre de quelle manière je le vais traiter. (*A la fenêtre.*) Ah! te voilà, coquin ! — Monsieur mon frère, je vous demande pardon, je vous promets qu'il n'y a pas de ma faute. — Pilier de débauche! coquin! va, je t'apprendrai à venir avoir la hardiesse d'importuner monsieur Gorgibus, de lui rompre la tête de tes sottises! — Monsieur mon frère... — Tais-toi, te dis-je ! — Je ne vous désoblig... — Tais-toi, coquin!

GROS-RENÉ

Qui diable pensez-vous qui soit chez vous à présent?

GORGIBUS

C'est le médecin et Narcisse son frère; ils avaient quelque différend, et ils font leur accord.

GROS-RENÉ

Le diable emporte! ils ne sont qu'un.

SGANARELLE, *à la fenêtre.*

Ivrogne que tu es, je t'apprendrai à vivre! Comme il baisse la vue: il voit bien qu'il a failli, le pendard! Ah! l'hypocrite, comme il fait le bon apôtre!

GROS-RENÉ

Monsieur, dites-lui un peu par plaisir qu'il fasse mettre son frère à la fenêtre.

GORGIBUS

Oui-da... Monsieur le médecin, je vous prie de faire paraître votre frère à la fenêtre.

SGANARELLE, *de la fenêtre.*

Il est indigne de la vue des gens d'honneur, et puis je ne le saurais souffrir auprès de moi.

GORGIBUS

Monsieur, ne me refusez pas cette grâce, après toutes celles que vous m'avez faites.

SGANARELLE, *de la fenêtre.*

En vérité, monsieur Gorgibus, vous avez un tel pouvoir sur moi, que je ne vous puis rien refuser. Montre-toi, coquin. (*Après avoir disparu un moment, il se remontre en habit de valet.*) Monsieur Gorgibus, je suis votre obligé. (*Il disparaît encore et reparaît aussitôt en robe de médecin.*) Eh bien, avez-vous vu cette image de la débauche?

GROS-RENÉ

Ma foi, ils ne sont qu'un ; et, pour vous le prouver, dites-lui un peu que vous les voulez voir ensemble.

GORGIBUS

Mais faites-moi la grâce de le faire paraître avec vous, et de l'embrasser devant moi à la fenêtre.

SGANARELLE, *de la fenêtre.*

C'est une chose que je refuserais à tout autre qu'à vous ; mais, pour vous montrer que je veux tout faire pour l'amour de vous, je m'y résous, quoique avec peine, et veux auparavant qu'il vous demande pardon de toutes les peines qu'il vous a données. — Oui, monsieur Gorgibus, je vous demande pardon de vous avoir tant importuné, et vous promets, mon frère, en présence de monsieur Gorgibus que voilà, de faire si bien désormais, que vous n'aurez plus lieu de vous plaindre, vous priant de ne plus songer à ce qui s'est passé. (*Il embrasse son chapeau et sa fraise, qu'il a mis au bout de son coude.*)

GORGIBUS

Eh bien, ne les voilà pas tous deux?

GROS-RENÉ

Ah! par ma foi, il est sorcier.

SGANARELLE, *sortant de la maison en médecin.*

Monsieur, voilà la clef de votre maison que je vous rends : je n'ai pas voulu que ce coquin soit descendu avec moi, parce qu'il me fait honte ; je ne voudrais pas qu'on le vît en ma compagnie, dans la ville où je suis en quelque réputation. Vous irez le faire sortir quand bon vous semblera. Je vous donne le bonjour, et suis votre serviteur, etc. (*Il feint de s'en aller, et, après avoir mis bas sa robe, rentre dans la maison par la fenêtre.*)

GORGIBUS

Il faut que j'aille délivrer ce pauvre garçon; en vérité, s'il lui a pardonné, ce n'a pas été sans le bien maltraiter. (*Il entre dans sa maison, et en sort avec Sganarelle en habit de valet.*)

SGANARELLE

Monsieur, je vous remercie de la peine que vous avez prise, et de la bonté que vous avez eue; je vous en serai obligé toute ma vie.

GROS-RENÉ

Où pensez-vous que soit à présent le médecin ?

GORGIBUS

Il s'en est allé.

GROS-RENÉ, *qui a ramassé la robe de Sganarelle.*

Je le tiens sous mon bras. Voilà le coquin qui faisait le médecin, et qui vous trompe. Cependant qu'il vous trompe et joue la farce chez vous, Valère et votre fille sont ensemble qui s'en vont à tous les diables.

GORGIBUS

Oh ! que je suis malheureux ! mais tu seras pendu, fourbe, coquin !

SGANARELLE

Monsieur, qu'allez-vous faire de me pendre ? Ecoutez un mot, s'il vous plaît ; il est vrai que c'est par mon invention que mon maître est avec votre fille ; mais, en le servant, je ne vous ai point désobligé : c'est un parti sortable pour elle, tant pour la naissance que pour les biens. Croyez-moi, ne faites point un vacarme qui tournerait à votre confusion, et envoyez à tous les diables ce coquin-là avec Villebrequin. Mais voici nos amants.

SCÈNE XVI

VALÈRE, LUCILE, GORGIBUS, SGANARELLE

VALÈRE

Nous nous jetons à vos pieds.

GORGIBUS

Je vous pardonne, et suis heureusement trompé par Sganarelle, ayant un si brave gendre. Allons tous faire noces, et boire à la santé de toute la compagnie.

FIN DU MÉDECIN VOLANT.

LA JALOUSIE DU BARBOUILLÉ

COMÉDIE EN UN ACTE

PERSONNAGES

LE BARBOUILLÉ, mari d'Angélique.
LE DOCTEUR.
ANGÉLIQUE, fille de Gorgibus.
VALÈRE, amant d'Angélique.
CATHAU, suivante d'Angélique.
GORGIBUS, père d'Angélique.
VILLEBREQUIN.
LA VALLÉE.

SCÈNE PREMIÈRE

LE BARBOUILLÉ, *seul.*

Il faut avouer que je suis le plus malheureux de tous les hommes! J'ai une femme qui me fait enrager : au lieu de me donner du soulagement, et de faire les choses à mon souhait, elle me fait donner au diable vingt fois le jour; au lieu de se tenir à la maison, elle aime la promenade, la bonne chère, et fréquente je ne sais quelle sorte de gens. Ah! pauvre Barbouillé, que tu es misérable! Il faut pourtant la punir. Si tu la tuais... l'intention ne vaut rien, car tu serais pendu. Si tu la faisais mettre en prison... la carogne en sortirait avec son passe-partout. Que diable faire donc? Mais voilà monsieur le docteur qui passe par ici;

il faut que je lui demande un bon conseil sur ce que je dois faire.

SCÈNE II

LE DOCTEUR, LE BARBOUILLÉ

LE BARBOUILLÉ

Je m'en allais vous chercher pour vous faire une prière sur une chose qui m'est d'importance.

LE DOCTEUR

Il faut que tu sois bien malappris, bien lourdaud, et bien mal morigéné, mon ami, puisque tu m'abordes sans ôter ton chapeau, sans observer *rationem loci, temporis et personæ*. Quoi! débuter par un discours mal digéré, au lieu de dire : *Salve, vel salvus ses, doctor doctorum eruditissime*. Eh! pour qui me prends-tu, mon ami?

LE BARBOUILLÉ

Ma foi, excusez-moi, c'est que j'avais l'esprit en écharpe, et je ne songeais pas à ce que je faisais; mais je sais bien que vous êtes galant homme.

LE DOCTEUR

Sais-tu bien d'où vient le mot galant homme?

LE BARBOUILLÉ

Qu'il vienne de Villejuif ou d'Aubervilliers, je ne m'en soucie guère.

LE DOCTEUR

Sache que le mot galant homme vient d'élégant : prenant le *g* et l'*a* de la dernière syllabe, cela fait *ga*, et puis prenant *l*, ajoutant un *a* et les deux dernières lettres, cela fait *galant*, et puis ajoutant *homme*, cela fait *galant homme*. Mais, encore, pour qui me prends-tu ?

LE BARBOUILLÉ

Je vous prends pour un docteur. Or çà, parlons un peu de l'affaire que je veux vous proposer ; il faut que vous sachiez...

LE DOCTEUR

Sache auparavant que je ne suis pas seulement une fois docteur, mais que je suis une, deux, trois, quatre, cinq, six, sept, huit, neuf et dix fois docteur : 1° parce que, comme l'unité est la base, le fondement, et le premier de tous les nombres ; aussi, moi, je suis le premier de tous les docteurs, le docte des doctes ; 2° parce qu'il y a deux facultés nécessaires pour la parfaite connaissance de toutes choses : le sens et l'entendement ; et, comme je suis tout sens et tout entendement, je suis deux fois docteur.

LE BARBOUILLÉ

D'accord. C'est que...

LE DOCTEUR

3° Parce que le nombre de trois est celui de la perfection, selon Aristote ; et, comme je suis parfait et que toutes mes productions le sont aussi, je suis trois fois docteur.

LE BARBOUILLÉ

Eh bien, monsieur le docteur...

LE DOCTEUR

4° Parce que la philosophie a quatre parties : la logique, la morale, la physique et la métaphysique ; et, comme je les possède toutes quatre et que je suis parfaitement versé en icelles, je suis quatre fois docteur.

LE BARBOUILLÉ

Que diable, je n'en doute pas. Ecoutez-moi donc.

LE DOCTEUR

5° Parce qu'il y a cinq universaux : le genre, l'espèce, la différence, le propre et l'accident, sans la connaissance desquels il est impossible de faire aucun bon raisonnement ; et, comme je m'en sers avec avantage et que j'en connais l'utilité, je suis cinq fois docteur.

LE BARBOUILLÉ

Il faut que j'aie bonne patience.

LE DOCTEUR

6° Parce que le nombre de six est le nombre du travail ; et, comme je travaille incessamment pour ma gloire, je suis six fois docteur.

LE BARBOUILLÉ

Oh ! parle tant que tu voudras.

LE DOCTEUR

7° Parce que le nombre de sept est le nombre de la félicité ; et, comme je possède une parfaite connaissance de tout ce qui peut rendre heureux, et que je le suis, en effet, par mes talents, je me sens obligé de dire de moi-même : *O ter quaterque beatum !* 8° Parce que le nombre de huit est le nombre de la justice à cause de l'égalité qui se rencontre en lui, et que la justice et la prudence avec lesquelles je mesure et pèse toutes mes actions me rendent huit fois docteur. 9° Parce qu'il y a neuf Muses, et que je suis également chéri d'elles. 10° Parce que, comme on ne peut passer le nombre de dix sans faire une répétition des autres nombres, et qu'il est le nombre universel; aussi, quand on m'a trouvé, on a trouvé le docteur universel; je contiens en moi tous les autres docteurs. Ainsi tu vois, par des raisons plausibles, vraies, démonstratives et convaincantes, que je suis une, deux, trois, quatre, cinq, six, sept, huit, neuf, dix fois docteur...

LE BARBOUILLÉ

Que diable est ceci? Je croyais trouver un homme bien savant, qui me donnerait un bon conseil, et je trouve un ramoneur de cheminées, qui, au lieu de me parler, s'amuse à jouer à la mourre. Un, deux, trois, quatre; ha, ha, ha! Oh bien, ce n'est pas cela; c'est que je vous prie de m'écouter, et croyez que je ne suis pas un homme à vous faire perdre vos peines, et que, si vous me satisfaites sur ce que je veux de vous, je vous donnerai ce que vous voudrez; de l'argent, si vous en voulez.

LE DOCTEUR

Eh! de l'argent?

LE BARBOUILLÉ

Oui, de l'argent, et toute autre chose que vous pourriez demander.

LE DOCTEUR, *troussant sa robe derrière son cul.*

Tu me prends donc pour un homme à qui l'argent fait tout faire, pour un homme attaché à l'intérêt, pour une âme mercenaire? Sache, mon ami, que, quand tu me donnerais une bourse pleine de pistoles, et que cette bourse serait dans une riche boîte, cette boîte dans un étui précieux, cet étui dans un coffre admirable, ce coffre dans un cabinet curieux, ce cabinet dans une chambre magnifique, cette chambre dans un appartement agréable, cet appartement dans un château pompeux, ce château dans une citadelle incomparable, cette citadelle dans une ville célèbre, cette ville dans une île fertile, cette île dans une province opulente, cette province dans une monarchie florissante, cette monarchie dans tout le monde; et que tout le monde où serait cette monarchie florissante, où serait cette province opulente, où serait cette île fertile, où serait cette ville célèbre, où serait cette citadelle incomparable, où serait ce château pompeux, où serait cet appartement agréable, où serait ce cabinet curieux, où serait ce coffre admirable, où serait cet étui précieux, où serait cette riche boîte dans laquelle serait enfermée la bourse pleine de pistoles, que je me soucierais aussi peu de ton argent et de toi que de cela. (*Il s'en va.*)

LE BARBOUILLÉ

Ma foi, je m'y suis mépris : à cause qu'il est vêtu comme un médecin, j'ai cru qu'il lui fallait parler d'argent; mais, puisqu'il n'en veut point, il n'y a rien de plus aisé que de le contenter : je m'en vais courir après lui. (*Il sort.*)

SCÈNE III

ANGÉLIQUE, VALÈRE, CATHAU

ANGÉLIQUE

Monsieur, je vous assure que vous m'obligerez beaucoup de me tenir quelquefois compagnie; mon mari est si mal bâti, si débauché, si ivrogne, que ce m'est un supplice d'être avec lui, et je vous laisse à penser quelle satisfaction on peut avoir d'un rustre comme lui.

VALÈRE

Mademoiselle, vous me faites trop d'honneur de me vouloir souffrir. Je vous promets de contribuer de tout mon pouvoir à votre divertissement; et, puisque vous témoignez que ma compagnie ne vous est point désagréable, je vous ferai connaître par mes empressements combien j'ai de joie de la bonne nouvelle que vous m'apprenez.

CATHAU

Ah! changez de discours, voyez porteguignon qui arrive.

SCÈNE IV

LE BARBOUILLÉ, VALÈRE, ANGÉLIQUE, CATHAU

VALÈRE

Mademoiselle, je suis au désespoir de vous apporter de si méchantes nouvelles; mais aussi bien les auriez-vous apprises de quelque autre; et, puisque votre frère est fort malade...

ANGÉLIQUE

Monsieur, ne m'en dites pas davantage; je suis votre servante, et vous rends grâce de la peine que vous avez prise.

LE BARBOUILLÉ

Ma foi, sans aller chez le notaire, voilà le certificat de mon cocuage. Ha! ha! madame la carogne, je vous trouve avec un homme, après toutes les défenses que je vous ai faites et vous me voulez envoyer de Gemini en Capricorne!

ANGÉLIQUE

Eh bien, faut-il gronder pour cela? Ce monsieur vient de m'apprendre que mon frère est bien malade : où est le sujet de querelle?

CATHAU

Ah! le voilà venu; je m'étonnais bien si nous aurions longtemps du repos.

LE BARBOUILLÉ

Vous vous gâtez, par ma foi, toutes deux, mesdames les carognes; toi, Cathau, tu corromps ma femme; depuis que tu la sers, elle ne vaut pas la moitié de ce qu'elle valait.

CATHAU

Vraiment oui, vous nous la baillez bonne!

ANGÉLIQUE

Laisse là cet ivrogne; ne vois-tu pas qu'il est soûl, qu'il ne sait ce qu'il dit?

SCÈNE V

GORGIBUS, VILLEBREQUIN, ANGÉLIQUE, CATHAU, LE BARBOUILLÉ

GORGIBUS

Ne voilà pas encore mon maudit gendre qui querelle ma fille!

VILLEBREQUIN

Il faut savoir ce que c'est.

GORGIBUS

Eh quoi! toujours se quereller! vous n'aurez pas la paix dans votre ménage?

LE BARBOUILLÉ

Cette coquine-là m'appelle ivrogne. (*A Angélique.*) Tiens, je suis bien tenté de te bailler une quinte-major, en présence de tes parents.

GORGIBUS

Au diable l'escarcelle, si vous l'aviez fait.

ANGÉLIQUE

Mais aussi c'est lui qui commence toujours à...

CATHAU

Que maudite soit l'heure où vous avez choisi ce grigou.

VILLEBREQUIN

Allons, taisez-vous; la paix!

SCÈNE VI

GORGIBUS, VILLEBREQUIN, ANGÉLIQUE, CATHAU, LE BARBOUILLÉ, LE DOCTEUR.

LE DOCTEUR

Qu'est ceci? quel désordre! quelle querelle! quel grabuge! quel vacarme! quel bruit! quel différend! quelle combustion! Qu'y a-t-il? messieurs, qu'y a-t-il? qu'y a-t-il? Çà, çà; voyons s'il n'y a pas moyen de vous mettre d'accord; que je sois votre pacificateur, que j'apporte l'union chez vous.

GORGIBUS

C'est mon gendre et ma fille qui ont eu bruit ensemble.

LE DOCTEUR

Et qu'est-ce que c'est? voyons, dites-moi un peu la cause de leur différend.

GORGIBUS

Monsieur...

LE DOCTEUR

Mais en peu de paroles.

GORGIBUS

Oui-da, mettez donc votre bonnet.

LE DOCTEUR

Savez-vous d'où vient le mot bonnet?

GORGIBUS

Nenni.

LE DOCTEUR

Cela vient de *bonum est*, bon est, voilà qui est bon, parce qu'il garantit des catarrhes et fluxions.

GORGIBUS

Ma foi, je ne savais pas cela.

LE DOCTEUR

Dites donc vite cette querelle.

GORGIBUS

Voici ce qui est arrivé.

LE DOCTEUR

Je ne crois pas que vous soyez homme à me tenir longtemps, puisque je vous en prie. J'ai quelques affaires pressantes qui m'appellent à la ville; mais, pour remettre la paix dans votre famille, je veux bien m'arrêter un moment.

GORGIBUS

J'aurai fait en un moment.

LE DOCTEUR

Soyez donc bref.

GORGIBUS

Voilà qui est fait incontinent.

LE DOCTEUR

Il faut avouer, monsieur Gorgibus, que c'est une belle qualité que de dire les choses en peu de paroles, et que les grands parleurs, au lieu de se faire écouter, se rendent le plus souvent si importuns, qu'on ne les entend point ; *virtutem primam esse puta compescere linguam.* Oui, la plus belle qualité d'un honnête homme, c'est de parler peu.

GORGIBUS

Vous saurez donc...

LE DOCTEUR

Socrate recommandait trois choses fort soigneusement à ses disciples : la retenue dans les actions, la sobriété dans le manger, et de dire les choses en peu de paroles. Commencez donc, monsieur Gorgibus.

GORGIBUS

C'est ce que je veux faire.

LE DOCTEUR

En peu de mots, sans façon, sans vous amuser à beaucoup de discours ; tranchez-moi d'un apophthegme, vite, vite, monsieur Gorgibus, dépêchons, évitez la prolixité.

GORGIBUS

Laissez-moi donc parler.

LE DOCTEUR

Monsieur Gorgibus, touchez là, vous parlez trop ; il faut que quelque autre me dise la cause de leur querelle.

VILLEBREQUIN

Monsieur le docteur, vous saurez que...

LE DOCTEUR

Vous êtes un ignorant, un indocte, un homme ignare de toutes les bonnes disciplines, un âne en bon français. Eh quoi! vous commencez la narration sans avoir fait un mot d'exorde! Il faut que quelque autre me conte le désordre. Mademoiselle, contez-moi un peu le détail de ce vacarme.

ANGÉLIQUE

Voyez-vous bien là mon gros coquin, mon sac à vin de mari?

LE DOCTEUR

Doucement, s'il vous plaît : parlez avec respect de votre époux, quand vous êtes devant la moustache d'un docteur comme moi.

ANGÉLIQUE

Ah! vraiment oui, docteur! Je me moque bien de vous et de votre doctrine, et je suis docteur quand je veux.

LE DOCTEUR

Tu es docteur quand tu veux? Ouais! Je pense que tu es un plaisant docteur. Tu as la mine de suivre fort ton caprice : des parties d'oraison, tu n'aimes que la conjonction; des genres, que le masculin; des déclinaisons, le génitif; de la syntaxe, *mobile cum fixo*; et enfin de la quantité, tu n'aimes que le dactyle, *quia constat ex una longa et duabus brevibus*. Venez çà, vous, dites-moi un peu quelle est la cause, le sujet de votre combustion.

LE BARBOUILLÉ

Monsieur le docteur...

LE DOCTEUR

Voilà qui est bien commencé... monsieur le docteur! ce mot a quelque chose de doux à l'oreille, quelque chose plein d'emphase; monsieur le docteur!

LE BARBOUILLÉ

A la mienne volonté...

LE DOCTEUR

Voilà qui est bien... à la mienne volonté! La volonté présuppose le souhait, le souhait présuppose des moyens pour arriver à ses fins, et la fin présuppose un objet; voilà qui est bien... à la mienne volonté!

LE BARBOUILLÉ

J'enrage!

LE DOCTEUR

Otez-moi ce mot, j'enrage; voilà un terme bas et populaire.

LE BARBOUILLÉ

Eh! monsieur le docteur, écoutez-moi, de grâce!

LE DOCTEUR

Audi, quæso, aurait dit Cicéron.

LE BARBOUILLÉ

Oh! ma foi, si se rompt, si se casse, ou si se brise, je ne m'en mets guère en peine; mais tu m'écouteras, ou je te vais casser ton museau doctoral; et que diable donc est ceci?

Le Barbouillé, Angélique, Gorgibus, Cathau, Villebrequin voulant dire la cause de la querelle, et le Docteur disant, que la paix est une belle chose, parlent tous à la fois. Au milieu de tout ce bruit, le Barbouillé attache le Docteur par le pied et le fait tomber; le Docteur se doit laisser tomber sur le dos : le Barbouillé l'entraine par la corde qu'il lui a attachée au pied, et, pendant qu'il l'entraine, le Docteur doit toujours parler et compter par ses doigts toutes ses raisons, comme s'il n'était point à terre. — Le Barbouillé et le Docteur disparaissent.

GORGIBUS

Allons, ma fille, retirez-vous chez vous, et vivez bien avec votre mari.

VILLEBREQUIN

Adieu, serviteur et bonsoir. (*Villebrequin, Gorgibus et Angélique s'en vont.*)

SCÈNE VII

VALÈRE, LA VALLÉE

VALÈRE

Monsieur, je vous suis obligé du soin que vous avez pris, et je vous promets de me rendre dans une heure à l'assignation que vous me donnez.

LA VALLÉE

Cela ne peut se différer; et, si vous tardez d'un quart d'heure, le bal sera fini dans un moment : vous n'aurez pas le bien d'y voir celle que vous aimez, si vous n'y venez tout présentement.

VALÈRE

Allons donc ensemble de ce pas. (*Ils s'en vont.*)

SCÈNE VIII

ANGÉLIQUE, *seule.*

Cependant que mon mari n'y est pas, je vais faire un tour à un bal que donne une de mes voisines. Je serai revenue auparavant lui, car il est quelque part au cabaret; il ne s'apercevra pas que je suis sortie. Ce maroufle-là me laisse toute seule à la maison, comme si j'étais son chien. (*Elle s'en va.*)

SCÈNE IX

LE BARBOUILLÉ, *seul.*

Je savais bien que j'aurais raison de ce diable de docteur et de sa fichue doctrine. Au diable l'ignorant! j'ai bien envoyé toute sa science par terre. Il faut pourtant que j'aille un peu voir si notre bonne ménagère m'aura fait à souper. (*Il sort.*)

SCÈNE X

ANGÉLIQUE, *seule.*

Que je suis malheureuse! j'ai resté trop tard, l'assemblée est finie : je suis arrivée justement comme tout le monde sortait; mais il n'importe, ce sera pour une autre fois. Je m'en vais cependant au logis, comme si de rien n'était. Ouais! la porte est fermée; Cathau! Cathau!

SCÈNE XI

LE BARBOUILLÉ, *à la fenêtre;* ANGÉLIQUE

LE BARBOUILLÉ

Cathau! Cathau! Eh bien, qu'a-t-elle fait, Cathau? et d'où venez-vous, madame la carogne, à l'heure qu'il est, et par le temps qu'il fait?

ANGÉLIQUE

D'où je viens? ouvre-moi seulement, et je te le dirai après.

LE BARBOUILLÉ

Oui; ah! ma foi, tu peux aller coucher là d'où tu viens, ou, si tu l'aimes mieux, dans la rue, je n'ouvre point à une coureuse comme toi. Comment, diable! être toute seule à l'heure qu'il est! Je ne sais si c'est imagination, mais mon front m'en paraît plus rude de moitié.

ANGÉLIQUE

Eh bien, pour être toute seule, qu'en veux-tu dire? Tu me querelles quand je suis en compagnie : comment donc faut-il faire?

LE BARBOUILLÉ

Il faut être retirée à la maison, donner ordre au souper, avoir soin du ménage, des enfants; mais, sans tant de discours inutiles, adieu, bonsoir, va-t'en au diable, et me laisse en repos.

ANGÉLIQUE

Tu ne veux pas m'ouvrir?

LE BARBOUILLÉ

Non, je n'ouvrirai pas.

ANGÉLIQUE

Eh! mon pauvre petit mari, je t'en prie, ouvre-moi, mon cher petit cœur.

LE BARBOUILLÉ

Ah! crocodile! ah! serpent dangereux! tu me caresses pour me trahir.

ANGÉLIQUE

Ouvre, ouvre donc.

LE BARBOUILLÉ

Adieu, *vade retro, Satanas!*

ANGÉLIQUE

Quoi! tu ne m'ouvriras pas?

LE BARBOUILLÉ

Non.

ANGÉLIQUE

Et tu n'as point pitié de ta femme qui t'aime tant?

LE BARBOUILLÉ

Non, je suis inflexible; tu m'as offensé, je suis vindicatif comme tous les diables, c'est-à-dire bien fort, je suis inexorable.

ANGÉLIQUE

Sais-tu bien que, si tu me pousses à bout et que tu me mettes en colère, je ferai quelque chose dont tu te repentiras?

LE BARBOUILLÉ

Et que feras-tu, bonne chienne?

ANGÉLIQUE

Tiens, si tu ne m'ouvres, je m'en vais me tuer devant la porte; mes parents, qui sans doute viendront ici auparavant de se coucher, pour savoir si nous sommes bien ensemble, me trouveront morte, et tu seras pendu.

LE BARBOUILLÉ

Ha, ha, ha, ha, la bonne bête! et qui y perdra le plus de nous deux? Va, va, tu n'es pas si sotte que de faire ce coup-là.

ANGÉLIQUE

Tu ne le crois donc pas? Tiens, tiens, voilà mon couteau tout prêt; si tu ne m'ouvres, je m'en vais tout à cette heure m'en donner dans le cœur.

LE BARBOUILLÉ

Prends garde, voilà qui est bien pointu.

ANGÉLIQUE

Tu ne veux donc pas m'ouvrir ?

LE BARBOUILLÉ

Je t'ai déjà dit vingt fois que je n'ouvrirai point ; tue-toi, crève, va-t'en au diable, je ne m'en soucie pas.

ANGÉLIQUE, *faisant semblant de se frapper.*

Adieu donc... Aïe ! je suis morte.

LE BARBOUILLÉ

Serait-elle bien assez sotte pour avoir fait ce coup-là ? Il faut que je descende avec la chandelle pour aller voir.

ANGÉLIQUE

Il faut que je t'attrape. Si je peux entrer dans la maison subtilement pendant que tu me chercheras, chacun aura bien son tour.

LE BARBOUILLÉ

Eh bien, ne savais-je pas bien qu'elle n'était pas si sotte? Elle est morte, et si elle court comme le cheval de Pacolet. Ma foi, elle m'avait fait peur pour tout de bon. Elle a bien fait de gagner au pied; car, si je l'eusse trouvée en vie, après m'avoir fait cette frayeur-là, je lui aurais apostrophé cinq ou six clystères de coups de pied dans le cul, pour lui apprendre à faire la bête. Je m'en vais me coucher cependant. Oh ! oh ! je pense que le vent a fermé la porte. Hé ! Cathau ! Cathau ! ouvre-moi.

ANGÉLIQUE

Cathau ! Cathau ! Eh bien qu'a-t-elle fait, Cathau ? et d'où venez-vous, monsieur l'ivrogne? Ah! vraiment, va, mes parents, qui vont venir dans un moment, sauront tes vérités. Sac à vin! infâme! tu ne bouges du cabaret, et tu laisses une pauvre femme avec des petits enfants, sans savoir s'ils ont besoin de quelque chose, à croquer le marmot tout le long du jour!

LE BARBOUILLÉ

Ouvre vite, diablesse que tu es, ou je te casserai la tête!

SCÈNE XII

GORGIBUS, VILLEBREQUIN, ANGÉLIQUE, LE BARBOUILLÉ

GORGIBUS

Qu'est ceci? toujours de la dispute, de la querelle et de la dissension!

VILLEBREQUIN

Eh quoi! vous ne serez jamais d'accord?

ANGÉLIQUE

Mais voyez un peu, le voilà qui est soûl, et revient, à l'heure qu'il est, faire un vacarme horrible; il me menace.

GORGIBUS

Mais aussi ce n'est pas là l'heure de revenir. Ne devriez-vous pas, comme un bon père de famille, vous retirer de bonne heure, et bien vivre avec votre femme?

LE BARBOUILLÉ

Je me donne au diable si j'ai sorti de la maison : demandez plutôt à ces messieurs qui sont là-bas dans le parterre; c'est elle qui ne fait que de revenir. Ah! que l'innocence est opprimée!

VILLEBREQUIN

Çà, çà ; allons, accordez-vous ; demandez-lui pardon.

LE BARBOUILLÉ

Moi, pardon ! j'aimerais mieux que le diable l'eût emportée. Je suis dans une colère que je ne me sens pas.

GORGIBUS

Allons, ma fille, embrassez votre mari, et soyez bons amis.

SCÈNE XIII

LE DOCTEUR, *à la fenêtre, en bonnet de nuit et en camisole;* LE BARBOUILLÉ, VILLEBREQUIN, GORGIBUS, ANGÉLIQUE.

LE DOCTEUR

Eh quoi ! toujours du bruit, du désordre, de la dissension, des querelles, des débats, des différends, des combustions, des altercations éternelles ? Qu'est-ce ? qu'y a-t-il donc ? On ne saurait avoir du repos.

VILLEBREQUIN

Ce n'est rien, monsieur le docteur ; tout le monde est d'accord.

LE DOCTEUR

A propos d'accord, voulez-vous que je vous lise un chapitre d'Aristote, où il prouve que toutes les parties de l'univers ne subsistent que par l'accord qui est entre elles ?

VILLEBREQUIN

Cela est-il bien long ?

LE DOCTEUR

Non, cela n'est pas long : cela contient environ soixante ou quatre-vingts pages.

VILLEBREQUIN

Adieu, bonsoir, nous vous remercions.

GORGIBUS

Il n'en est pas de besoin.

LE DOCTEUR

Vous ne le voulez pas?

GORGIBUS

Non.

LE DOCTEUR

Adieu donc, puisque ainsi est ; bonsoir : *latine, bona nox.*

VILLEBREQUIN

Allons-nous-en souper ensemble, nous autres.

FIN DE LA JALOUSIE DU BARBOUILLÉ.

LA GLOIRE

DU

DOME DU VAL-DE-GRACE

1669

Digne fruit de vingt ans de travaux somptueux,
Auguste bâtiment, temple majestueux,
Dont le dôme superbe, élevé dans la nue,
Pare du grand Paris la magnifique vue,
Et, parmi tant d'objets semés de toutes parts,
Du voyageur surpris prend les premiers regards,
Fais briller à jamais, dans ta noble richesse,
La splendeur du saint vœu d'une grande prin-
cesse (1),
Et porte un témoignage à la postérité
De sa magnificence et de sa piété.
Conserve à nos neveux une montre fidèle
Des exquises beautés que tu tiens de son zèle;
Mais défends bien surtout de l'injure des ans
Le chef-d'œuvre fameux de ses riches présents,
Cet éclatant morceau de savante peinture,
Dont elle a couronné ta noble architecture :

(1) Le Val-de-Grâce fut fondé par la reine mère, en accomplissement du vœu qu'elle avait fait de bâtir une magnifique église, si Dieu mettait un terme à la longue stérilité dont elle était affligée, et que fit cesser, après vingt-deux ans, la naissance de Louis XIV. (Auger.)

C'est le plus bel effet des grands soins qu'elle a pris,
Et ton marbre et ton or ne sont point de ce prix.

Toi qui, dans cette coupe, à ton vaste génie
Comme un ample théâtre heureusement fournie,
Es venu déployer les précieux trésors
Que le Tibre t'a vu ramasser sur ses bords,
Dis-nous, fameux Mignard, par qui te sont versées
Les charmantes beautés de tes nobles pensées,
Et dans quel fonds tu prends cette variété
Dont l'esprit est surpris et l'œil est enchanté.
Dis-nous quel feu divin, dans tes fécondes veilles,
De tes expressions enfante les merveilles;
Quels charmes ton pinceau répand dans tous ses traits;
Quelle force il y mêle à ses plus doux attraits,
Et quel est ce pouvoir qu'au bout des doigts tu portes,
Qui sait faire à nos yeux vivre des choses mortes,
Et, d'un peu de mélange et de bruns et de clairs,
Rendre esprit la couleur, et les pierres des chairs.

Tu te tais, et prétends que ce sont des matières
Dont tu dois nous cacher les savantes lumières,
Et que ces beaux secrets, à tes travaux vendus,
Te coûtent un peu trop pour être répandus;
Mais ton pinceau s'explique et trahit ton silence;
Malgré toi, de ton art il nous fait confidence,
Et, dans ses beaux efforts à nos yeux étalés,
Les mystères profonds nous en sont révélés.
Une pleine lumière ici nous est offerte;
Et ce dôme pompeux est une école ouverte,
Où l'ouvrage, faisant l'office de la voix,
Dicte de ton grand art les souveraines lois.
Il nous dit fortement les trois nobles parties
Qui rendent d'un tableau les beautés assorties,

Et dont, en s'unissant, les talents relevés
Donnent à l'univers les peintres achevés.

Mais des trois, comme reine, il nous expose celle
Que ne peut nous donner le travail ni le zèle,
Et qui, comme un présent de la faveur des cieux,
Est du nom de divine appelée en tous lieux;
Elle dont l'essor monte au-dessus du tonnerre,
Et sans qui l'on demeure à ramper contre terre,
Qui meut tout, règle tout, en ordonne à son choix,
Et des deux autres mène et régit les emplois.
Il nous enseigne à prendre une digne matière
Qui donne au feu du peintre une vaste carrière,
Et puisse recevoir tous les grands ornements
Qu'enfante un beau génie en ses accouchements,
Et dont la poésie et sa sœur la peinture,
Parant l'instruction de leur docte imposture,
Composent avec art ces attraits, ces douceurs,
Qui font à leurs leçons un passage en nos cœurs;
Et par qui, de tout temps, ces deux sœurs si pareilles
Charment, l'une les yeux, et l'autre les oreilles.
Mais il nous dit de fuir un discord apparent
Du lieu que l'on nous donne et du sujet qu'on prend;
Et de ne point placer, dans un tombeau de fêtes,
Le ciel contre nos pieds, et l'enfer sur nos têtes.
Il nous apprend à faire, avec détachement,
De groupes contrastés un noble agencement,
Qui du champ du tableau fasse un juste partage,
En conservant les bords un peu légers d'ouvrage,
N'ayant nul embarras, nul fracas vicieux
Qui rompe ce repos, si fort ami des yeux;
Mais où, sans se presser, le groupe se rassemble,
Et forme un doux concert, fasse un beau tout ensemble,
Où rien ne soit à l'œil mendié, ni redit,

Tout s'y voyant tiré d'un vaste fonds d'esprit,
Assaisonné du sel de nos grâces antiques,
Et non du fade goût des ornements gothiques,
Ces monstres odieux des siècles ignorants,
Que de la barbarie ont produits les torrents,
Quand leur cours, inondant presque toute la terre,
Fit à la politesse une mortelle guerre,
Et, de la grande Rome abattant les remparts,
Vint, avec son empire, étouffer les beaux-arts.
Il nous montre à poser avec noblesse et grâce
La première figure à la plus belle place,
Riche d'un agrément, d'un brillant de grandeur
Qui s'empare d'abord des yeux du spectateur;
Prenant un soin exact que, dans tout son ouvrage,
Elle joue aux regards le plus beau personnage;
Et que, par aucun rôle au spectacle placé,
Le héros du tableau ne se voie effacé.
Il nous enseigne à fuir les ornements débiles
Des épisodes froids et qui sont inutiles,
A donner au sujet toute sa vérité,
A lui garder partout pleine fidélité,
Et ne se point porter à prendre de licence,
A moins qu'à des beautés elle donne naissance.
Il nous dicte amplement les leçons du dessin
Dans la manière grecque et dans le goût romain;
Le grand choix du beau vrai, de la belle nature,
Sur les restes exquis de l'antique sculpture,
Qui, prenant d'un sujet la brillante beauté,
En savait réparer la faible vérité,
Et, formant de plusieurs une beauté parfaite,
Nous corrige par l'art la nature qu'on traite.
Il nous explique à fond, dans ses instructions,
L'union de la grâce et des proportions;
Les figures partout doctement dégradées,

Et leurs extrémités soigneusement gardées;
Les contrastes savants des membres agroupés,
Grands, nobles, étendus, et bien développés,
Balancés sur leur centre en beautés d'attitude,
Tous formés l'un pour l'autre avec exactitude,
Et n'offrant point aux yeux ces galimatias
Où la tête n'est point de la jambe ou du bras;
Leur juste attachement aux lieux qui les font naître,
Et les muscles touchés autant qu'ils doivent l'être;
La beauté des contours observés avec soin,
Point durement traités, amples, tirés de loin,
Inégaux, ondoyants, et tenant de la flamme,
Afin de conserver plus d'action et d'âme;
Les nobles airs de tête amplement variés,
Et tous au caractère avec choix mariés;
Et c'est là qu'un grand peintre, avec pleine largesse,
D'une féconde idée étale la richesse,
Faisant briller partout de la diversité,
Et ne tombant jamais dans un air répété;
Mais un peintre commun trouve une peine extrême
A sortir dans ses airs de l'amour de soi-même :
De redites sans nombre il fatigue les yeux,
Et, plein de son image, il se peint en tous lieux.
Il nous enseigne aussi les belles draperies,
De grands plis bien jetés suffisamment nourries,
Dont l'ornement aux yeux doit conserver le nu,
Mais qui, pour le marquer, soit un peu retenu,
Qui ne s'y colle point, mais en suive la grâce,
Et, sans la serrer trop, la caresse et l'embrasse.
Il nous montre à quel air, dans quelles actions,
Se distinguent à l'œil toutes les passions;
Les mouvements du cœur, peints d'une adresse extrême,
Par des gestes puisés dans la passion même,
Bien marqués pour parler, appuyés, forts et nets,

Imitant en vigueur les gestes des muets,
Qui veulent réparer la voix que la nature
Leur a voulu nier, ainsi qu'à la peinture.

Il nous étale enfin les mystères exquis
De la belle partie où triompha Zeuxis,
Et qui, le revêtant d'une gloire immortelle,
Le fit aller de pair avec le grand Apelle :
L'union, les concerts et les tons des couleurs,
Contrastes, amitiés, ruptures et valeurs,
Qui font les grands effets, les fortes impostures,
L'achèvement de l'art, et l'âme des figures.
Il nous dit clairement dans quel choix le plus beau
On peut prendre le jour et le champ du tableau;
Les distributions et d'ombre et de lumière
Sur chacun des objets et sur la masse entière;
Leur dégradation dans l'espace de l'air
Par les tons différents de l'obscur et du clair,
Et quelle force il faut aux objets mis en place
Que l'approche distingue et le lointain efface;
Les gracieux repos que, par des soins communs,
Les bruns donnent aux clairs, comme les clairs aux bruns;
Avec quel agrément d'insensible passage
Doivent ces opposés entrer en assemblage,
Par quelle douce chute ils doivent y tomber,
Et dans un milieu tendre aux yeux se dérober;
Ces fonds officieux qu'avec art on se donne,
Qui reçoivent si bien ce qu'on leur abandonne;
Par quels coups de pinceau, formant de la rondeur,
Le peintre donne au plat le relief du sculpteur;
Quel adoucissement des teintes de lumière
Fait perdre ce qui tourne et le chasse derrière,
Et comme avec un champ fuyant, vague et léger,
La fierté de l'obscur, sur la douceur du clair

Triomphant de la toile, en tire avec puissance
Les figures que veut garder sa résistance;
Et, malgré tout l'effort qu'elle oppose à ses coups,
Les détache du fond, et les amène à nous.

Il nous dit tout cela, ton admirable ouvrage :
Mais, illustre Mignard, n'en prends aucun ombrage;
Ne crains pas que ton art, par ta main découvert,
A marcher sur tes pas tienne un chemin ouvert,
Et que de ses leçons les grands et beaux oracles
Elèvent d'autres mains à tes doctes miracles :
Il y faut des talents que ton mérite joint,
Et ce sont des secrets qui ne s'apprennent point.
On n'acquiert point, Mignard, par les soins qu'on se donne,
Trois choses dont les dons brillent dans ta personne :
Les passions, la grâce, et les tons de couleur
Qui des riches tableaux font l'exquise valeur;
Ce sont présents du ciel qu'on voit peu qu'il assemble;
Et les siècles ont peine à les trouver ensemble.
C'est par là qu'à nos yeux nuls travaux enfantés
De ton noble travail n'atteindront les beautés.
Malgré tous les pinceaux que ta gloire réveille,
Il sera de nos jours la fameuse merveille,
Et des bouts de la terre en ces superbes lieux
Attirera les pas des savants curieux.

O vous, dignes objets de la noble tendresse
Qu'a fait briller pour vous cette auguste princesse,
Dont au grand Dieu naissant, au véritable Dieu,
Le zèle magnifique a consacré ce lieu (1),

(1) L'église du Val-de-Grâce était consacrée à Jésus *naissant* et à la Vierge, sa mère; on y lisait sur la frise du portique :

JESU NASCENTI VIRGINIQUE MATRI.

Purs esprits, où du ciel sont les grâces infuses,
Beaux temples des vertus, admirables recluses,
Qui dans votre retraite, avec tant de ferveur,
Mêlez parfaitement la retraite du cœur,
Et, par un choix pieux hors du monde placées,
Ne détachez vers lui nulle de vos pensées,
Qu'il vous est cher d'avoir sans cesse devant vous
Ce tableau de l'objet de vos vœux les plus doux,
D'y nourrir par vos yeux les précieuses flammes
Dont si fidèlement brûlent vos belles âmes,
D'y sentir redoubler l'ardeur de vos désirs,
D'y donner à toute heure un encens de soupirs,
Et d'embrasser du cœur une image si belle
Des célestes beautés de la gloire éternelle,
Beautés qui dans leurs fers tiennent vos libertés,
Et vous font mépriser toutes autres beautés!
Et toi, qui fus jadis la maîtresse du monde,
Docte et fameuse école en raretés féconde,
Où les arts déterrés ont, par un digne effort,
Réparé les dégâts des barbares du Nord;
Source des beaux débris des siècles mémorables,
O Rome! qu'à tes soins nous sommes redevables
De nous avoir rendu, façonné de ta main,
Ce grand homme, chez toi devenu tout Romain,
Dont le pinceau, célèbre avec magnificence,
De ces riches travaux vient parer notre France,
Et dans un noble lustre y produire à nos yeux
Cette belle peinture inconnue en ces lieux,
La fresque, dont la grâce, à l'autre préférée,
Se conserve un éclat d'éternelle durée,
Mais dont la promptitude et les brusques fiertés
Veulent un grand génie à toucher ses beautés!
De l'autre qu'on connaît la traitable méthode
Aux faiblesses d'un peintre aisément s'accommode:
La paresse de l'huile, allant avec lenteur,

Du plus tardif génie attend la pesanteur ;
Elle sait secourir, par le temps qu'elle donne,
Les ſaux pas que peut ſaire un pinceau qui tâtonne,
Et sur cette peinture on peut, pour ſaire mieux,
Revenir, quand on veut, avec de nouveaux yeux.
Cette commodité de retoucher l'ouvrage
Aux peintres chancelants est un grand avantage ;
Et ce qu'on ne ſait pas en vingt ſois qu'on reprend,
On le peut ſaire en trente, on le peut ſaire en cent.

Mais la ſresque est pressante, et veut, sans complaisance,
Qu'un peintre s'accommode à son impatience,
La traite à sa manière, et, d'un travail soudain,
Saisisse le moment qu'elle donne à sa main.
La sévère rigueur de ce moment qui passe
Aux erreurs d'un pinceau ne ſait aucune grâce ;
Avec elle il n'est point de retour à tenter,
Et tout au premier coup se doit exécuter.
Elle veut un esprit où se rencontre unie
La pleine connaissance avec le grand génie,
Secouru d'une main propre à le seconder
Et maîtresse de l'art jusqu'à le gourmander,
Une main prompte à suivre un beau ſeu qui la guide,
Et dont, comme un éclair, la justesse rapide
Répande dans ses ſonds, à grands traits non tâtés,
De ses expressions les touchantes beautés.
C'est par là que la ſresque, éclatante de gloire,
Sur les honneurs de l'autre emporte la victoire,
Et que tous les savants, en juges délicats,
Donnent la préférence à ses mâles appas.
Cent doctes mains chez elle ont cherché la louange ;
Et Jules, Annibal, Raphaël, Michel-Ange,
Les Mignards de leur siècle, en illustres rivaux,
Ont voulu par la ſresque ennoblir leurs travaux.

Nous la voyons ici doctement revêtue
De tous les grands attraits qui surprennent la vue.
Jamais rien de pareil n'a paru dans ces lieux,
Et la belle inconnue a frappé tous les yeux.
Elle a non seulement, par ses grâces fertiles,
Charmé du grand Paris les connaisseurs habiles,
Et touché de la cour le beau monde savant;
Ses miracles encore ont passé plus avant,
Et de nos courtisans les plus légers d'étude
Elle a pour quelque temps fixé l'inquiétude,
Arrêté leur esprit, attaché leurs regards,
Et fait descendre en eux quelque goût des beaux-arts.
Mais ce qui, plus que tout, élève son mérite,
C'est de l'auguste roi l'éclatante visite:
Ce monarque, dont l'âme aux grandes qualités
Joint un goût délicat des savantes beautés,
Qui, séparant le bon d'avec son apparence,
Décide sans erreur et loue avec prudence;
LOUIS, le grand LOUIS, dont l'esprit souverain
Ne dit rien au hasard, et voit tout d'un œil sain,
A versé de sa bouche à ses grâces brillantes
De deux précieux mots les douceurs chatouillantes;
Et l'on sait qu'en deux mots ce roi judicieux
Fait des plus beaux travaux l'éloge glorieux.

Colbert, dont le bon goût suit celui de son maître,
A senti même charme, et nous le fait paraître.
Ce vigoureux génie, au travail si constant,
Dont la vaste prudence à tous emplois s'étend,
Qui, du choix souverain, tient par son haut mérite
Du commerce et des arts la suprême conduite,
A d'une noble idée enfanté le dessein
Qu'il confie aux talents de cette docte main,
Et dont il veut par elle attacher la richesse
Aux sacrés murs du temple où son cœur s'intéresse.

La voilà, cette main, qui se met en chaleur;
Elle prend les pinceaux, trace, étend la couleur,
Empâte, adoucit, touche, et ne fait nulle pause ;
Voilà qu'elle a fini ; l'ouvrage aux yeux s'expose;
Et nous y découvrons, aux yeux des grands experts,
Trois miracles de l'art en trois tableaux divers,
Mais, parmi cent objets d'une beauté touchante,
Le Dieu porte au respect, et n'a rien qui n'enchante;
Rien en grâce, en douceur, en vive majesté,
Qui ne présente à l'œil une divinité;
Elle est toute en ses traits, si brillants de noblesse:
La grandeur y paraît, l'équité, la sagesse,
La bonté, la puissance ; enfin ces traits font voir
Ce que l'esprit de l'homme a peine à concevoir.

Poursuis, ô grand Colbert ! à vouloir dans la France
Des arts que tu régis établir l'excellence,
Et donne à ce projet, et si grand et si beau,
Tous les riches moments d'un si docte pinceau.
Attache à des travaux, dont l'éclat te renomme,
Les restes précieux des jours de ce grand homme.
Tels hommes rarement se peuvent présenter,
Et, quand le ciel les donne, il faut en profiter.
De ces mains, dont les temps ne sont guère prodigues,
Tu dois à l'univers les savantes fatigues;
C'est à ton ministère à les aller saisir
Pour les mettre aux emplois que tu peux leur choisir;
Et, pour ta propre gloire, il ne faut point attendre
Qu'elles viennent t'offrir ce que ton choix doit prendre.
Les grands hommes, Colbert, sont mauvais courtisans,
Peu faits à s'acquitter des devoirs complaisants;
A leurs réflexions tout entiers ils se donnent;

Et ce n'est que par là qu'ils se perfectionnent.
L'étude et la visite ont leurs talents à part.
Qui se donne à la cour se dérobe à son art.
Un esprit partagé rarement s'y consomme,
Et les emplois de feu demandent tout un homme.
Ils ne sauraient quitter les soins de leur métier
Pour aller chaque jour fatiguer ton portier;
Ni partout, près de toi, par d'assidus hommages,
Mendier des prôneurs les éclatants suffrages.
Cet amour du travail, qui toujours règne en eux,
Rend à tous autres soins leur esprit paresseux;
Et tu dois consentir à cette négligence
Qui de leurs beaux talents te nourrit l'excellence.
Souffre que, dans leur art s'avançant chaque jour,
Par leurs ouvrages seuls ils te fassent leur cour.
Leur mérite à tes yeux y peut assez paraître;
Consultes-en ton goût, il s'y connaît en maître,
Et te dira toujours, pour l'honneur de ton choix,
Sur qui tu dois verser l'éclat des grands emplois.
C'est ainsi que des arts la renaissante gloire
De tes illustres soins ornera la mémoire;
Et que ton nom, porté dans cent travaux pompeux,
Passera triomphant à nos derniers neveux.

FIN DE LA GLOIRE DU DOME DU VAL-DE-GRACE

TABLE DES MATIÈRES

Paris. — Imprimerie Nouvelle (assoc. ouvrière), 11, rue Cade[illegible]
A. Mangeot directeur. — 560-7.

www.ingramcontent.com/pod-product-compliance
Ingram Content Group UK Ltd.
Pitfield, Milton Keynes, MK11 3LW, UK
UKHW031843260826
14628UKWH00002B/556

9 782012 928336